为了人与书的相遇

UMBERTO

ECO

SIX

WALKS IN THE FICTIONAL WOODS

悠游小说林

[意] 安贝托·艾柯 著

黄寤兰 译

艾柯哈佛诺顿演讲集

广西师范大学出版社

·桂林·

UMBERTO ECO: Six Walks in the Fictional Woods
by Umberto Eco

Published by arrangement with Harvard University Press
through Bardon-Chinese Media Agency

图书在版编目(CIP)数据

悠游小说林 / (意)安贝托·艾柯著；黄寤兰译.
— 桂林：广西师范大学出版社,2017.7
ISBN 978-7-5495-9680-5
Ⅰ.①悠… Ⅱ.①安… ②黄… Ⅲ.①小说研究－世界
Ⅳ.①I106.4
中国版本图书馆CIP数据核字(2017)第098024号

广西师范大学出版社出版发行
桂林市中华路22号 邮政编码：541001
网址：www.bbtpress.com

出 版 人：张艺兵
责任编辑：雷 韵
装帧设计：陆智昌
内文制作：陈基胜
全国新华书店经销
发行热线：010-64284815
山东鸿君杰文化发展有限公司 印刷

开本：787mm×1092mm 1/32
印张：7.25 字数：106千字
2017年7月第1版 2017年7月第1次印刷
定价：36.00元

如发现印装质量问题，影响阅读，请与印刷厂联系调换。

目 录

1 入林

Entering the Woods

我想请大家回想伊塔洛·卡尔维诺来作为这一系列讲座的开场，八年前他也曾被邀请来这里举行六场诺顿讲座，但仅仅写完五篇讲稿就与世长辞了。我提起他不仅因为他是我的朋友，也因为他是《如果在冬夜，一个旅人》的作者，这本小说让读者在故事里现身，而我的讲座和这个题旨有很大关联。

卡尔维诺这本书在意大利出版的同年，我自己有一本书也问世了，名叫 *Lector in fabula*（《童话里的读者》）。英文版更名为 *The Role of the Reader*（《读者的角色》），只有局部与原书名对应，因为如果按字面直译成英语，这个书名将毫无意义。意大利有个俗语叫 lupus in fabula（“童话里的狼”），跟英文的 speak of the devil 意思相近，指的都是正谈着某人时，某人就出现了；不过这意大利俗语令人联想到民间故事里无所不在的狼，而我的书名意指的是读者。确实，在很多故事里狼并未现身，我们很快就会看到替代狼出现的也许是个恶魔。但故事里总会有个读者，读者不仅在说故事的过程中不可或缺，也是构成故事本身的基本要素。

现在，每当有人拿我的《童话里的读者》和卡尔维诺的《如果在冬夜，一个旅人》相提并论，总会认为我的书是为呼应卡尔维诺的小说而作的。其实这两本书同时出版，我们事先都不知道对方的写作内容，虽然两人长久以来都关注同样的问题。卡尔维诺寄书给我时，一定已经收到了我寄去的书，因为他的题词是这样写的："致安贝托：上游的读者，下游的卡尔维诺。"（A Umberto: superior stabat lector, longeque inferior Italo Calvino.）这句话显然源自费德鲁斯有关狼与绵羊的寓言（"狼在上游，羊在下游"），卡尔维诺借此影射我的书名。但 longeque inferior 既有河的下游的意思，也可以解释为次等的、较不重要的，具体所指模棱两可。如果将 lector 这个词从言地（de dicto）解读为指代我的书名，那么卡尔维诺要么是打趣地自认卑微，要么是傲然自许为绵羊，而让我这个理论家去担任大灰狼的角色。反之，如果从物地（de re）将lector解读为读者，卡尔维诺则是在慎重表态，向读者的角色致敬。

为了向卡尔维诺致敬，我的第一次讲座将以他的诺顿讲稿《新千年文学备忘录》[1]中的第二篇作为起点，这篇“备忘录”主要探讨叙事的快速风格，其中引述了他所编的《意大利童话》中的第五十七个故事：

> 国王病倒了，御医诊断后说：“陛下，如果您想康复，必须得到一根恶魔的羽毛，这可不是简单的任务，因为恶魔见人就吃。”
>
> 国王广传御旨征召勇士，但无人敢前去挑战恶魔。他转而询问一位忠心耿耿、胆识十足的卫侍，卫侍答应前往。
>
> 卫侍问明路径并得知，“山上有七座洞穴，恶魔就住在其中一座洞穴里”。[2]

卡尔维诺评论说：“文中对国王为何种病痛所苦未置一词，也没解释恶魔为什么会有羽毛，或者形容这些洞穴是什么样子。”他称赞这种叙事的敏捷精炼，虽然他也承认，“为快速的叙事辩护，并不意味着否定延缓叙事的趣味”。[3]我的第三场讲座将会以缓慢的风格为主题，但此刻让我们先注意，任何叙事性的小说都必须是而且注定是快速的，因为建构一个由无数事件与人物组成的世界，无法巨细靡遗，面面俱到。小说只能提供暗示，然后由读者自行去填满所有的缝隙。说到底，每一个文本（就像我以前写过的）都是一部疏懒的机器，要求读者也分担部分工作。试想，如果文本把读者想要了解的一切都写进去，将会产生什么问题——它永远结束不了。如果我打电话告诉你，“我会走高速公路，一个小时后见”，你不会希望我加上“我会沿路开着车走高速公路”，诸如此类的话。

意大利杰出的喜剧作家坎帕尼莱*在他的《八月不识妻》（*Agosto, moglie mia non ti conosco*）中写过这样的对话：

* 坎帕尼莱（Achille Campanile，1899—1977），意大利作家、评论家。

葛第昂向停在街角的马车激烈地招手，年迈的车夫吃力地爬下驾驶座，尽快移动身子向我们的朋友走来，问他：“我能效劳吗？”

“不是的，”葛第昂发怒喊道，“我要用马车。”

“哦！”车夫失望地回答。“我以为你招手叫我。”

他回到马车旁，勉力爬上驾驶座，等葛第昂和安德利亚在车厢里坐定后，车夫问道：“去哪里？”

“我不能告诉你，”葛第昂说，他要保持探险的神秘性。车夫天生不好奇，也不坚持问下去，三个人望着窗外景致，动也不动地坐了几分钟，最后葛第昂按捺不住了，宣布“去翡冷齐纳堡”，马车应声缓缓启动，车夫抗议道：“这个时候去？到达时天都黑了。”

“你说得没错，”葛第昂喃喃自语，“我们明天早上再去，七点正来接我们。”

“坐马车去？”车夫问道。葛第昂沉吟了一下，最后决定：“对，这样比较好。”

走回酒馆的路上，他回头大声叮咛车夫：“嘿，不要忘了带马。”

“你是说真的吗？”他的同伴惊讶地问。“好吧，随便你。”[4]

这段叙事很荒谬，因为主人公起先说的比该说的少，最后却感到非说（听）那些本来无需说的话不可。

有时，作者因为要说的太多，变得比书中人物更好笑。卡罗琳娜·因韦尔尼齐奥（Carolina Invernizio）是19世纪意大利畅销小说家，作品如《亡女之吻》、《疯女复仇记》、《尸咒》脍炙一时，滋润了几代普罗阶级的梦想。其实卡罗琳娜·因韦尔尼齐奥写作技巧拙劣，我翻译时会尽量忠于原作。有评论认为她很有勇气（或许也是她的弱点），竟然将刚成立的意大利政府琐碎不文的官僚语言不厌其烦地引介到文学创作中（她的丈夫刚好是这个官僚体系内一家军方面包厂的经理）。卡罗琳娜的小说《酒馆谋杀案》是这样起始的：

那是个美丽的黄昏，虽然天气很冷。都灵的街道在高悬明月的照耀下，亮如白昼。车站大钟显示时正七点。巨大的站门下传来一声震耳欲聋的巨响，原来两辆过站不停的车在错车，一辆正要离站，一辆正要进站。[5]

我们不该太苛责因韦尔尼齐奥夫人。在某种程度上，她也认为速度是一种叙事美德，但她永远不可能以卡夫卡在《变形记》中的句子起始："某日早晨格里高尔·萨姆沙自扰人的梦中醒来，发现他在床上变成一只巨大的虫子。"[6] 她的读者立刻会问她，格里高尔·萨姆沙怎么会变成一只虫子，他前一天吃了什么东西。附带提一句，阿尔弗雷德·卡津（Alfred Kazin）曾提过，托马斯·曼借了一本卡夫卡的小说给爱因斯坦读，爱因斯坦奉还时说："我读不下去，人脑没有那么复杂。"[7]

爱因斯坦或许是在抱怨故事进行得太缓慢（我后面会讲写法缓慢的艺术）。确实，读者常常不知道如何去配合文本的速度。罗杰·尚克[*] 在《阅读与理解》(*Reading and Understanding*）一书中讲了另一个故事：

---

* 尚克（Roger Schank，1946— ），美国语言学家、认知心理学家、人工智能和人类学习行为专家。

> 约翰爱玛丽，但她不想嫁给他。某日巨龙从城堡里抢走玛丽，约翰跃上马背杀了巨龙。玛丽答应嫁给他，从此两人过着快乐的日子。[8]

在这本书里，尚克关心的是孩童阅读时理解了什么，他以这个故事向一个三岁的小女孩发问。

> 问：约翰为什么要杀巨龙？
>
> 答：因为巨龙很坏。
>
> 问：它坏在哪里？
>
> 答：巨龙伤害他。
>
> 问：怎么伤害他？
>
> 答：它可能喷火到他身上。
>
> 问：玛丽为什么答应嫁给约翰？
>
> 答：因为她很爱他，他很想娶她……
>
> 问：玛丽一开始并不想嫁给约翰，后来为什么肯了？
>
> 答：这个问题很难答。
>
> 问：嗯，你觉得答案是什么？

答：因为起先她不要他，他争吵了很久，说了很多要娶她的话，最后她才想嫁她，我是说嫁给他。

显然，在小女孩心目中的世界，巨龙鼻孔喷出火焰是一个事实，但她并没有爱情能够作为酬报，会因为感激或崇拜而屈服的想法。故事可能讲得稍快，换句话说，讲得稍嫌简略——而简略的程度则视设定的读者对象而定。

既然我总是试图为自己那些愚蠢的书名说套道理，我也想为我的诺顿讲题阐释一番。森林是叙事性文本的隐喻，不仅是童话故事，也是所有叙事性文本的隐喻。有都柏林那样的森林，你在里面不会碰上小红帽，但会遇见莫莉·布鲁姆；也有卡萨布兰卡森林，行走其中你会遇见伊尔莎·伦德或里克·布莱恩。*

容我引述博尔赫斯（另一位在这个领域常被提及，并且二十五年前来此作过讲座的灵魂）的一个妙譬：森林是一座小径分叉的花园。即使林中没有已被人踩出来

* 莫莉·布鲁姆（Molly Bloom）为乔伊斯《尤利西斯》中的人物，里克·布莱恩和伊尔莎·伦德为电影《卡萨布兰卡》的男女主人公。

的明显小径，每个人仍能追循自己的路径，决定在某棵树前左转或右转，而且在遇见每棵树时都会做出选择。

阅读叙事性文本时，读者每时每刻都在被迫做出选择。甚至单单一句话里也有选择的必要性——至少，每当有及物动词出现的时候。每次叙述者将要结束一个句子时，身为读者或听众的我们都会（即使不自觉地）下个赌注：预测他或她的选择，或者急欲知道选择的内容（尤其是在这种富有戏剧性的句子出现时："昨晚我在教区牧师住所旁的墓园里看见……"）。

有时候叙述者刻意让我们自行想象故事的发展。我们来看看埃德加·爱伦·坡的小说《亚瑟·戈登·皮姆的故事》的结尾：

> 我们急急投身瀑布中，一道裂开的缝隙容我们侧身，但是前方小径上出现一个裹着尸衣般的人形，比任何人的形体都巨大，肤色呈现如雪的死白。

叙述者的声音到此终结，作者要我们这辈子都不断回味到底发生了什么事情。我们永远不会知道结局。好像生怕这种想知道的欲望还不够折腾我们似的，作者（不是叙述者）在结尾加上了一则附记，告诉我们皮姆先生消失后，“续完皮姆先生故事的几个残留的篇章，又惨遭遗失”。我们永远逃不出这座森林了，就像凡尔纳、戴克*和洛夫克拉夫特†一样——这些人决定留在森林里，续完皮姆先生的故事。

但也有作者爱给读者苦头吃，故意告诉我们，我们不是斯坦利而是利文斯顿，我们注定会不断做出错误的选择，最后迷失在森林里。我们来读一段劳伦斯·斯特恩小说《项狄传》的开场：

> 我希望父亲或母亲，或实在说父母亲两人，因为两个人责任均等，都注意到他们在孕育我的那一刹那在做什么，他们是否尽责地想过那一刻做的事影响有多深远……

---

* 戴克（Charles Romyn Dake，1849—1899），美国作家、“顺势疗法”医生，曾续写《亚瑟·戈登·皮姆的故事》，即小说《奇怪的发现》。

† 洛夫克拉夫特（H. P. Lovecraft，1890—1937），美国恐怖、科幻与奇幻小说作家。

在那美妙的一刻项狄夫妇究竟在做什么？为了让读者有时间做出合理的推测（即使内容令人脸红心跳），斯特恩特别离题一大段（这说明卡尔维诺不轻视慢笔叙事的写法是对的），之后再回来揭露前一场景中所犯的错误：

> 老天爷，我亲爱的，我母亲说，你不会忘了上紧时钟发条吧？——上帝！我父亲喊道，惊呼之余不忘使声音柔和些——自开天辟地以来，曾经有过女人用这样愚蠢的问题使男人分心吗？

看得出来，文中父亲眼中的母亲，正是读者眼中的作者。难道曾有这样的作者，哪怕心思再邪恶，如此让他的读者扫兴吗？

当然，在斯特恩之后，先锋派的叙事不仅经常试图扰乱读者的期待，甚至想要创造出在阅读中完全拥有自由选择的读者。其实得享这种自由正是因为——根据几千年来从远古神话到现代侦探小说的深厚传统——读者愿意在叙事的森林里做自己的选择，他们这样做是基于一种假设：有些选择比另一些更为合理。

我用了“合理”（reasonable）这个词，好像这些选择是根据常识而做的判断。其实，阅读小说是以常识作为出发点这种想法并不正确。斯特恩、爱伦·坡，甚至《小红帽》的作者（如果此人存在的话）都不这样要求读者。事实上，常识反而会让我们排斥森林里有只会说话的狼这样的想法。那么，我说的读者在叙事之林里做合理的选择究竟是什么意思呢？

此处我必须提到两个我在别处已讨论过的概念，也就是模范读者（Model Reader）与模范作者（Model Author）。[9]

一个故事的模范读者不是经验读者（Empirical Reader）。经验读者是你，是我，是每一个阅读文本的人。经验读者能以各种方式阅读书籍，没有固定的法则指示他们如何阅读，因为他们常将文本作为安放自我情感的容器，这情感或许来自文本以外的世界，或许经由文本偶然引发。

如果你有过心情极度悲伤时观看喜剧的经验，你就知道那时很难消受电影的趣味。不仅如此，如果几年后碰巧又看到同一部电影，你可能依然笑不出来，因为每个场景都让你回想起上次观赏时的悲伤心情。显然，作为经验观众，你是在以错误的方式“阅读”电影。但“错”在哪里？错在不符合导演心目中的观众类型——不牵涉个人情感、能随电影开怀、能消化故事的观众。这种类型的观众（或者书籍读者）就是我所谓的模范读者——既是文本在创写之初就预设的理想合作对象，也是文本试图创造的对象。如果文本以“很久很久以前”开始，这个信号立刻就能选择它的模范读者，一定是孩童，或者至少是愿意抛开常识与理性想法的人。

一位多年不见的童年玩伴在我出版第二本小说《傅科摆》时写信给我：“亲爱的安贝托，我不记得曾跟你说过我叔父及婶母的悲惨故事，但你这样用在小说里实在是太轻率了。”不错，这本书里是有一些关于“查尔斯叔叔”和“凯瑟琳婶母”的段落，他们是主人公雅各布·贝尔勃的叔婶。这两个人物的确是真实存在过的，但做了些许改动。我记述了童年时期和叔叔婶婶有关的一段故事，只不过名字改换了。我回信告诉这位朋友，查尔斯叔叔和凯瑟琳婶婶是我的亲戚，不是他的，我当然拥有著作权；我甚至不知道他是否有叔叔和婶婶。朋友为此向我道歉：他被这个故事深深吸引，从致错认部分情节脱胎自他叔婶的经历——这当然不是不可能，因为战争期间（书中回忆述及的年代）类似的事件发生在不同的叔叔婶婶身上。

我的朋友到底是怎么回事？他在森林里搜寻的，是个人记忆里的事件。漫步林中的时候，我运用所有的经验与心得来理解生活，理解过去与未来，这是对的。但既然森林是为每一个人而造，我就不能只在里面寻找与我个人有关的事件与情感，否则（正如我在最近两本书《诠释的限度》和《诠释与过度诠释》里写的），我就不是在诠释文本，而是在利用文本。[10] 利用文本大做白日梦并无不可，我们也常这么做，但白日梦不是公开的事；它会导致我们把叙事的森林当成自己的私人花园。

因此遵守游戏规则是必要的，模范读者最热衷于玩这个游戏。我的朋友忘记了这个规则，把他自己身为经验读者的期待强加到作者对模范读者的期待之上。

作者当然能自由运用特定类型的信号来暗示模范读者，不过这些信号常常具有高度的暧昧性。科洛迪所著的《木偶奇遇记》开场白如此写着：

> 很久很久以前有个……国王！我的小读者们会立刻这样反应。不对，小朋友，你们错了。很久很久以前，有块木头。

这段开场白很复杂。一开始科洛迪似乎在暗示童话故事要登场了。一旦他的读者确定这是为小朋友说的故事，孩童就作为作者的对话者出现在故事里，继而作者又以听惯童话故事的孩童的语气做一个错误的预测。那么，这故事不是说给小孩子听的啰？为纠正这个错误的预测，作者再度转向小读者，让他们继续读下去，好像的确是为他们写的，只不过主角不是国王，而是木偶，而他们读完是不会失望的。这段开场白同时也在向成人读者眨眼示意。童话故事就不能是为成人写的吗？它是否在暗示成人可以用另一种眼光来阅读，同时又模拟儿童的心态来理解故事的寓意？这段开场白足以激发一系列关于《木偶奇遇记》的解读，从精神分析学、人类学和讽刺文学等角度，且并非都是荒诞不经的。科洛迪大概要玩个“双局”（double jeu），这本小小的巨著的魅力也大半源自这种悬疑。

是谁设下这些游戏规则与限制的？换言之，是谁建构了模范读者？我的小听众们会立刻回答："作者。"

但在如此艰辛地区分了模范读者与经验读者之后，我们难道还会认为作者是个经验实体（empirical entity），他或她书写故事并决定应该建构什么样的模范读者，而个中理由不便坦承，只有他或她的精神分析医师搞得懂吗？老实说，我完全不关心一部叙事性文本（或任何文本）的经验作者。我这么说可能会触怒不少听众，这些听众花了不少时间阅读简·奥斯汀、普鲁斯特、陀思妥耶夫斯基或塞林格的传记。我充分理解窥视真实人物的私生活是多么美妙而刺激的事，尤其这些人我们又引为知己好友。在我伏案苦读的青涩岁月里，得知康德以五十七岁的望重之龄才写下哲学杰作，对我无疑是一大鼓舞，并引为师法的对象，而每当想起拉迪盖*二十岁就写出《魔鬼附身》，又觉得妒火攻心。

但这些知识不能帮助我们判断康德把哲学范畴从十种增加为十二种是否正确，或者《魔鬼附身》是不是一

---

* 拉迪盖（Raymond Radiguet，1903—1923），法国小说家，开启新古典主义传统，二十岁时死于伤寒。

部杰作（拉迪盖即便在五十七岁时写成此书，问题依然如此）。蒙娜丽莎的雌雄同体论是个有趣的美学话题，但是达·芬奇的性癖好，就我欣赏这幅绘画作品而言，不过是八卦而已。

接下来的几次讲座里，我会经常提到文学史上的一部杰作，热拉尔·德·奈瓦尔*的《西尔薇娅》（*Sylvie*），我二十岁初读此书，至今依然经常翻阅。年轻的时候我写过一篇不怎么高明的论文，而从 1976 年起我在博洛尼亚大学主持一系列的《西尔薇娅》研讨会，结果产生了三篇博士论文，1982 年《VS》学报还出了一期专刊[11]。1984 年在哥伦比亚大学任教时，我在研究所开了《西尔薇娅》的课程，交上来的学期论文中有些相当不错。到现在，我已熟知这部小说里的每一个逗点和每一个暗藏的玄机，这种四十年乐此不疲读一本书的经验使我了解，那些声称细剖文本、精读内容将使魔力丧失殆尽的人是

---

* 奈瓦尔（Gérard de Nerval，1808—1855），法国象征主义和超现实主义诗人、作家，真名热拉尔·拉布吕尼。1836 年爱上一位女演员柯伦，但柯伦别嫁并于十年后殒世，从此成为奈瓦尔的梦中影像，《奥蕾莉娅》中的玛丽、《西尔薇娅》中的西尔薇娅某种程度上都是她的化身，唤起他对失去的美善、纯真和青春的渴望。创作全盛期奈瓦尔精神严重失常，曾八次入住疗养院，1855 年在巴黎旧灯笼路的路灯柱子上自缢身亡。

多么愚蠢。每次我拿起《西尔薇娅》，即使早已烂熟于心——或者就因为知之太深——都有再度恋爱的感觉，好像第一次读时一样。

这里引述一段《西尔薇娅》的开场白，以及两个英文翻译版本：

Je sortais d'un théâtre où tous les soirs je paraissais aux avant-scènes en grande tenue de soupirant...

我走出剧院，所有的夜晚我都会以求爱者的身份盛装出现在前排座位上……

1. I came out of a theater, where I appeared every evening in the full dress of a sighing lover.

我走出剧院，这家剧院我每天晚上都会以求爱者的身份穿着体面前来造访。

2. I came out of a theater, where I used to spend every evening in the proscenium boxes in the role of an ardent wooer.

> 我走出剧院，过去我习惯每天晚上以热情的追求者身份出现在前台包厢里。[12]

法文中的未完成过去时（imperfect tense）在英文里是没有的，所以翻译者只能从各种方法中选择一种来表现未完成过去时的意思。未完成过去时是个有趣的时态，因为它既是持续性的又是重复性的。以持续性讲，它告诉我们过去曾经发生某事，但时间不明确，开始和结束于何时也未交代。以重复性讲，它暗示这个事件重复发生。不过读者永远不能确知何时是持续性的，何时是重复性的，或两者兼有。《西尔薇娅》这段开场白，第一个sortais（出去）是持续性的，因为离开剧院这个动作需花上些时间，但第二个未完成过去时的paraissais（出现）则同时是持续性的和重复性的。文中已清楚交代，主人公每天晚上都会去这家剧院，但即使没有如此声明，只要使用了未完成过去时，这层意思也是不言自明的。这种暧昧性使其成为重述梦境或梦魇的最佳时态。童话故事也使用这种时态，英文Once upon a time（很久很久以前）的意大利同义词为C'era una volta，其中una volta可翻译为 once（曾经），但其未完成时态暗示故事发生时间不明确，也许是周而复始的，英文则以 upon a time（在某个时间）来表现。

为表现法文 paraissais（出现）的重复性，第一种翻译完全依赖“每天晚上”来达意，第二种翻译则加上“我习惯”来强调其经常性。这些不只是细微末节而已：阅读《西尔薇娅》的趣味很多来自于未完成过去时与一般过去时之间经过深思熟虑的转换，未完成过去时的运用在故事中产生了一种梦一般的气氛，好像我们半眯着眼看东西一样。奈瓦尔并没有考虑到他那些母语为英语的模范读者，因为英语对他的意图而言太精确了。

我下次讲座会回到奈瓦尔运用未完成过去时的技巧上，现在先让我们来看看这个时态对于讨论作者及其声音的重要性。先看文章一开始的 Je（我）。用第一人称写的书常会误导一些涉猎不深的读者，以为这个“我”就是作者本人。当然不是的，这个“我”是叙述者，是说故事的声音。P. G. 沃德豪斯曾以第一人称写了一条狗的回忆录——找不到比这更好的例子来说明叙述者的声音并不等同于作者本人的声音了。

阅读《西尔薇娅》，我们得和三个实体（entity）打交道。第一个是1808年出生、1855年（自杀）去世的绅士——顺便说一下，他当时还不叫热拉尔·德·奈瓦尔，真名是热拉尔·拉布吕尼（Gérard Labrunie）。手持米其林旅行指南的游客至今仍在巴黎寻访旧灯笼路，拉布吕尼上吊身亡的地方。其中不少人从未领略过《西尔薇娅》之美。

第二个实体是书中自称的“我”(Je)，此人不是热拉尔·拉布吕尼，我们对他的了解仅限于他叙述了这段故事，结尾时没有自杀，并抒发了一段忧郁的感言：“幻梦像果皮般成熟剥落，一片接着一片，果实就是经验。”

我和我的学生戏称他“热-拉”(Je-rard)，由于英文无法表现这个双关语，我就直接称他为“叙述者”。这位叙述者不是拉布吕尼先生，正如《格列佛游记》一开头说“我父亲在诺丁汉郡有栋小宅第，我在五个儿子中排行老三，在我十四岁时他送我去剑桥的伊曼纽学院就读”的那个“我”，也不是作者斯威夫特（斯威夫特读的是都柏林的三一学院），个中道理如出一辙。模范读者需要被这位叙述者失落的幻梦打动，而不是被拉布吕尼的。

最后是第三个实体，通常很难辨识，我称之为“模范作者”，以与模范读者对称。拉布吕尼可能是位文抄公，《西尔薇娅》可能是佩索阿的祖父写的，但《西尔薇娅》这部作品的模范作者则是以“我走出剧院”开启故事，在结尾时让西尔薇娅说出“可怜的阿德里安娜！她死在圣S修道院里……时间大约在1832年前后”的那个不知名的“声音”。除此以外我们对他一无所知，或者说我们对他的了解仅限于第一章到最后一章这个声音所说的话。最后一章叫《最后一叶》：此外就只剩叙事的森林，容我们自行进入与穿越。我们一旦接受这个游戏规则，就可以径自给这个声音取个名字，一个“笔名”。如果你不反对，我恰好有个美妙的名字给它：奈瓦尔。奈瓦尔既不是拉布吕尼，也不是叙述者。奈瓦尔不是他，正如乔治·艾略特不是她（只有玛丽·安·伊万斯才是）*。奈瓦尔是德文中的Es，英文中的It（不幸的是，意大利文的文法强迫我必须给它一个性别）。

* 乔治·艾略特（George Eliot，1819—1880），英国著名小说家，原名玛丽·安·伊万斯（Mary Ann Evans），代表作有《亚当·比德》《弗洛斯河上的磨坊》《米德尔马契》等。

我们可以说，这个它（It）在故事开始时还不明显，或者只有些许模糊的踪迹可循，但读到最后，我们会辨识出它就是所有美学理论所谓的“风格”（style）。当然，到最后模范作者可能被认为是一种风格，这种风格是如此清晰明显，我们不会认错的：它正是在《奥蕾莉娅》（*Aurélia*）开篇说出“梦境是第二个生命”（Le rêve est une seconde vie）的那个声音。

不过“风格”这个术语的内涵既很多也很少。它让我们认为模范作者（套句迪达勒斯的话），孤绝于完美之中，“就像创造万物的神，隐身于他的作品之内、之后、之外或之上，无影无形、精巧而无存在的痕迹，修剪他的手指甲”。[13] 换言之模范作者就是一个声音，动情地（或者专横地，狡诈地）对我们说话，要我们待在它近旁。这声音呈现为一种叙事策略，一套完整的指令，一步一步地指引我们，我们想当模范读者，就必须亦步亦趋地跟着它。

在叙事学理论、接受美学和读者反应批评如车载斗量的著作中，引介的各种概念不一而足：理想读者（Ideal Readers）、隐含读者（Implied Readers）、实际读者（Virtual

Readers）[14] 和后设读者（Meta-readers），等等。每一类又都引发了可与他们对应的理想作者、隐含作者和实际作者的概念。这些术语并非都是同义词。举例来说，我的模范读者和伊泽尔（Wolfgang Iser）所谓的隐含读者很接近。然而，对伊泽尔而言，读者“实际上使文本显示出它潜藏的错综复杂的关系。这些关系是读者用心思考文本素材所产生的，虽然并非文本本身——因为文本只包含句子、陈述与信息等……这种相互作用显然并不发生于文本本身，只能在阅读的过程中产生……这个过程将文本中隐现的东西整理并表述了出来，而且再现了文本的‘意图’”。[15]

这个过程论更接近我 1962 年的《开放的作品》中所描述的。[16] 我后来提出的模范读者概念正好相反，是一套文本指令，经由文本的线性表现方式，准确地呈现为一组句子或其他符号。正如普格利亚提 * 所作的评论：

伊泽尔的现象学视角给予读者一种特殊待遇，

* 普格利亚提（Paola Pugliatti），语言学家，《史学家莎士比亚》的作者。

> 这曾被视为文本享有的特权：也就是确立一种“观点”（point of view），并据此决定文本的意义。艾柯的《模范读者》（1979年）不仅把读者视为文本的互动者与合作者，更进一步（就某种意义来说是退一步）而言，他／她根本是随文本而生，是写作者演绎布局时的动力。因此模范读者的权限系于文本传递给他们的那种基因印记……与文本共同创造，也囿限于文本内，享有的自由度则视文本愿意给他们多少。[17]

确实，伊泽尔在《阅读行为》（*The Act of Reading*）中说过，“‘隐含读者’的概念即是一种预设受众存在的文本结构”；但他又补充说，“并不一定要定义这个受众”。对伊泽尔而言，“读者的角色不同于文本中描写的那种虚构读者，后者只是读者角色的一个组成部分而已”。[18]

在我讲座的过程中，尽管我也认可伊泽尔研究得很透彻的所有其他“组成部分”，但我基本上会聚焦在文本中描写的“虚构读者”（fictitious reader）身上，假定诠释的主要任务在于理解这种读者的性质，虽然其存在神出鬼没。你尽可以说我比伊泽尔更“德国”，更抽象，或者——就像非欧陆体系的哲学家们所说的——更为思辨。

就这层意义而言，我所谓的模范读者，针对的不仅是那些容许多重观点存在的文本，还有那些事先预期读者会很顺从的文本。换言之，不仅《芬尼根守灵夜》有模范读者，火车时刻表也有模范读者，文本期待的是每一种模范读者的不同合作方式。显然，乔伊斯针对“理想的失眠症所影响的理想读者”的指示会更令人兴奋，但我们也应该注意火车时刻表的阅读指南。

同样地，我所谓的模范作者也未必是一个极好的声音，或者绝妙的布局：即使在最低劣的色情小说中，模范作者也现身行动，告诉我们书中所述会刺激我们的想象力和生理反应。我们来读一段斯皮兰*《快枪手》（*My Gun is Quick*）的开场白，这个例子足以说明，模范作者从第一页开始就放肆地现身，指示读者应该如何感觉，即使书中并未就此着力去跟读者沟通：

> 当你闲坐家中，蜷缩在火炉边的椅子上时，你

* 斯皮兰（Mickey Spillane，1918—2006），美国侦探小说作家，畅销书均以性与暴力为主题。

> 曾想过外面正在发生什么事情吗？可能没有。你挑了本书，随意浏览内容，仿佛叫一些不曾存在过的人与事踢了一脚……很好玩，不是吗？……古代罗马人也是如此，闲坐竞技场中，观看凶猛的野兽利爪撕裂一堆人体，飞溅的血液与惊恐的场面令他们血脉贲张，借此调剂生活……看得真过瘾，好。从钥匙孔窥视人生……但记住，外面有事情正在发生……竞技场不存在了，城市是个更大的钵形剧场，容纳更多的人上座，利刃似的爪子不是野兽的，但人的爪子一样锐利，而且加倍凶恶。你必须够快、够狠，否则就被吞噬掉……你必须够快、够狠，否则死的就是你。[19]

此处模范作者的痕迹清晰可见，而且如我所说的，简直放肆。还有其他一些例子，虽然表现方式含蓄些，但其实更加过分，模范作者、经验作者、叙述者，甚至更为模糊的实体都现身在叙事性文本中，想让读者困惑迷糊的意图昭然若揭。让我们回到前面提过的爱伦·坡的《亚瑟·戈登·皮姆的故事》，1837 年这些探险故事分

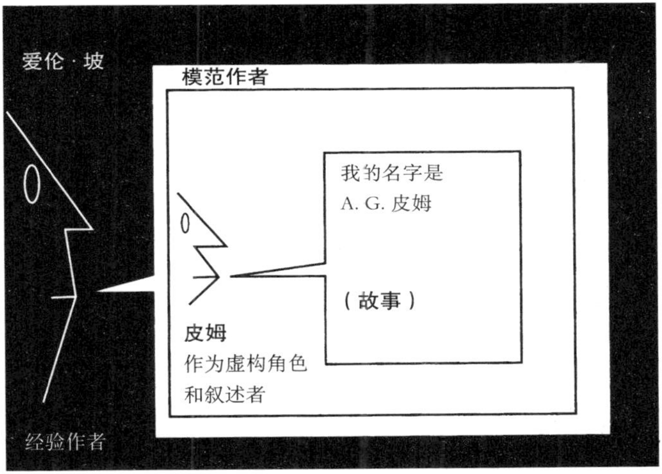

图 1

两次登载在《南方文学信使》杂志上，内容和我们现在所读的差不多。文本以“我的名字是亚瑟 · 戈登 · 皮姆”起始，采用第一人称的叙事，但文本署名是作为经验作者的爱伦 · 坡（见附图 1)。1838 年整个故事以书籍形式出版，但书名页上不见作者名字，增加了一篇前言，署名是“A. G. 皮姆”，将探险故事说成真实事件，并敬告读者：当初在《南方文学信使》上发表时，“爱伦 · 坡先

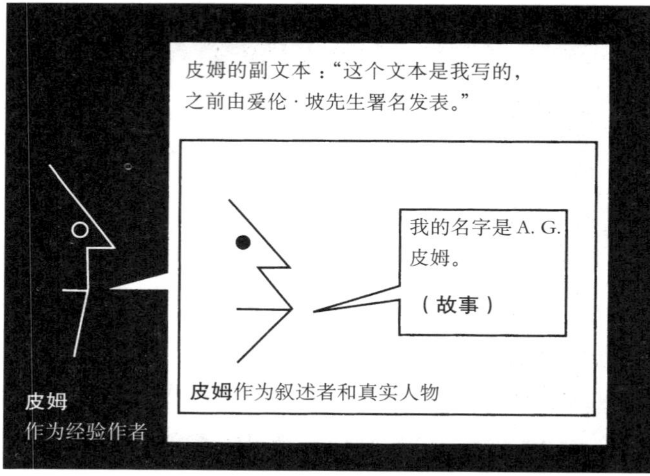

图 2

生的名字是刻意安上去的"，因为考虑到没有人会相信这个故事，"就干脆伪装成小说呈现"。

所以这位皮姆先生据传就成了这本书的经验作者，同时也是真实事件的叙述者，他甚至还写了这本书的前言。前言不是叙事性文本的一部分，而是**副文本**（paratext）[20]。爱伦·坡淡出到背景里，成为某种副文本里的人物（见附图 2）。不过故事进行到最后，一则附记出现打断了叙事，解释全书最后几章已经遗失，因为“皮姆先生最近突然不幸死亡”，其死讯“由于报纸的报道而广为周知”。这个附记没有具名（当然不是死去的皮姆先生自己所写），也不可能是爱伦·坡所写，因为内容提及爱伦·坡先生是首版的编辑，而且指责他根本不懂皮姆先生文本中那些经过加密设计的符号。阅读至此，读者已经开始相信皮姆是个虚构人物，他不仅是故事的叙述者，而且从前言就开始发声，因此前言也是故事的一部分，而非副文本。那么这个文本确实是由身为匿名第三者的经验作者所写——此人也是附记的作者（附记才是真正的副文本），在附记里他用皮姆在假副文本里的措辞谈到爱伦·坡，因此读者会怀疑爱伦·坡到底是真人，还是两个不同故事里的同一个角色——一个由皮姆在假副文本里所述，一个由 X 先生在真实但假托的副文本里所述（见附图 3）。最后一个谜题是，这位神秘的皮姆先生以“我的名字是亚瑟·戈登·皮姆”开始叙事——这种开头是梅尔维尔“称呼我以实玛利吧”*（虽然两者关联不大）

* 梅尔维尔《白鲸记》开篇第一句话。

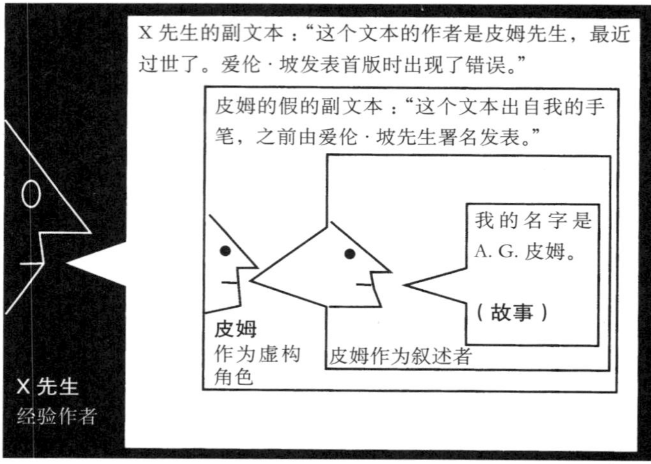

图 3

的先声，也仿讽爱伦·坡自己——在《亚瑟·戈登·皮姆》之前他写了部仿讽马特森（Morris Mattson）的文章，马特森的一篇小说以"我的名字是保罗·乌瑞克"开场。[21]

如果读者怀疑经验作者是爱伦·坡，那也是有道理的。爱伦·坡创作了一个虚构的真实人物X先生，由X先生来说一个虚假的真实人物皮姆先生，皮姆先生则扮演虚构小说的叙述者角色。尴尬的是，这些虚构人物说

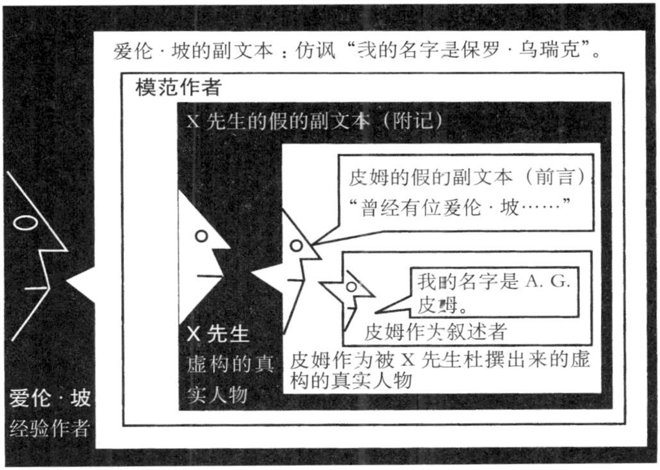

图 4

起真实的爱伦·坡时，那语气仿佛他是他们虚构世界的居民一样（见附图 4）。

在盘根错节的文本里，究竟谁是模范作者？不管是谁，总之就是那个声音（或者文本策略），搅乱了各个假定的经验作者，导致模范读者身不由己地陷入翻来覆去的诡计中。

再回来读《西尔薇娅》。我们决定称呼为"奈瓦尔"

的声音，借着一开始所用的未完成过去时，告诉我们该准备好来听一个忆往的故事了。四页的篇幅之后，这个声音立刻从未完成过去时跳到一般过去时，回述某个看完戏后到俱乐部里消磨的夜晚。我们应该了解，此处也是叙述者在追怀往事，只是回忆中的时刻比较明确。在这个时刻他告诉一位朋友，他最近爱上某位女演员，但从来没有趋前表白过，说话的同时他憬悟到他爱恋的不是女人，而是一个影像（“我追逐的是个影像，仅此而已”）。这时，以过去时回到时空明确的现实，他读到报纸上一则讯息，报道当晚在卢瓦西，他度过童年的地方，将举行相沿成习的射手节，他还是个小男孩时经常参加，而且迷恋上美丽的西尔薇娅。

第二章故事又回到未完成过去时，叙述者在长达一两小时似睡非睡的状态中，回想起应该是他小时候类似节庆的场景。他记得温柔又爱他的西尔薇娅，以及漂亮但高傲的阿德里安娜。那个夜晚阿德里安娜在草地上唱歌，几乎像个奇幻的幽灵，不久她就永远消失在修道院的高墙后。在半睡半醒间，叙述者迷惑于他是否仍然绝望地爱着那个影像——不知为什么，阿德里安娜和女演员似乎重叠为同一个女人。

第三章中，叙述者兴起强烈的欲望想回到记忆中童年游憩之处，算计着他可以在黎明前回到家乡，于是立刻动身叫了辆马车。一路上景物逐渐清晰起来，童年时的山丘、村庄历历在目，心中兴起了一段新的往事——这一段离此刻不远，大约只在三年前，不过进入这段回忆时，读者首先读到的是下面这段细看之下颇令人惊异的句子：

> Pendant que la voiture monte les côtes, recomposons les souvenirs du temps où j'y venais si souvent.*
>
> 马车爬上斜坡时，且让我们回想起当年我常来此地时的点点滴滴。

究竟是谁说出（或写下）这段话，而且把我们都卷入其中？是叙述者吗？如果是这样，他在形容几年前一段马车爬坡的往事时，措辞应该用过去时态，诸如“当

* 时态为现在时。

马车拾坡而上时，我回想起（或‘我始忆起’，或‘我告诉自己“让我们回想一下”’）往日时光，我们当年常来此地”。究竟谁是——或者，究竟哪些人是——文中所提的“我们”，一起勾回往事并且准备进入另一段回忆之旅？谁是这个现在必须回想过去的“我们”，在“马车爬上斜坡时”（马车爬坡时也正是我们阅读时），而不是“马车过去爬上斜坡时”，那个叙述者告诉我们他正在回忆的时候？这不是叙述者的声音，而是奈瓦尔的声音，这位模范作者在那一刹那，在故事中以第一人称告诉我们这些模范读者：“当叙述者坐着马车爬上斜坡时，让我们重新（和他一起，当然，不过也加上你和我）忆起那段他常去这些地方游憩时的往事吧。”这不是一段独白，而是三方对话的一部分：其一是偷偷进入叙述者话语当中的奈瓦尔；其二是我们自己，同样被要求偷偷地溜进来，从外部旁观整个事件（我们自以为从未离开剧院）；其三是叙述者，他并未被摒除在外，因为他是经常造访那些地方的人（J’y venais si souvent，我经常往那儿跑）。

应该强调的是，这个 j’y（我在……地方）也值得花上些篇幅分析一番。它说的是“那儿”——叙述者当晚

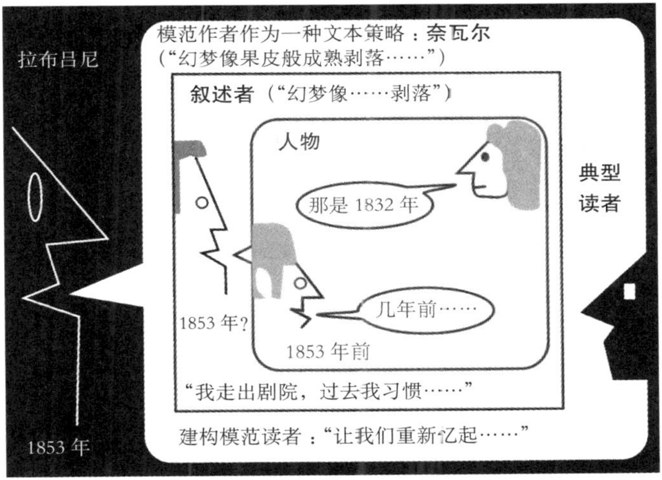

图 5

所在的那儿，还是指“这儿”——奈瓦尔突然现身面对我们的这儿？

在这个节骨眼上，文中时空纠缠不清，各种声音也困惑不明。但这种混乱却是经由巧妙的安排，以至于到了难以察觉的地步——或者几乎难以察觉，因为我们正在努力设法搞清楚。这不是混乱，而是一瞬间的洞察，对叙事手法的顿悟，其中三位一体式的叙事要件——模范作者、叙述者与读者，一起出现（见附图 5）。他们必须一起现身，因为模范作者与模范读者只有在阅读的过程中才能清楚地看到彼此的存在，并且互相塑造。我认为，不仅叙事文体，所有文体都是如此。

维特根斯坦在《哲学研究》（序号 66）中写道：

> 试想我们以 games 来称呼的游戏或竞赛：我是说棋戏（board-games）、牌戏（card-games）、球类运动（ball-games）、奥林匹克运动会（Olympic games），等等，其中的共同点是什么？——不要告诉我“一定有共同点，否则不会统称为 games”——不过仔细看看是否真的有共同点——因为细看之下是看不出共同点的，有的只是接近性、相关性和整体系列性。[22]

这段话里的人称代词并未明指一个经验角色或经验读者；它们只纯粹是文本策略，被当作对话开始时引起共鸣的手法。谈话内容发生的同时，模范读者也跟着产生，这位模范读者懂得如何接应问答来讨论游戏的本质；

而其才智倾向（甚至是在“玩游戏”这个话题上游戏一番的冲动）则绝对取决于叙事的声音要求他（或她）所做的诠释：去看、去注意、去思考和去发现其相关性与相似性。同样地，作者正是一种能够建立语意相关性，并要求人们模仿的文本策略：当这个声音说“我是说”，就意味着邀请我们达成共识，这样 game 这个词就可以泛指棋戏、牌戏等。但这个声音并不定义 game 这个词，而是要求我们去定义它，或者意识到这个词只有通过“家族相似性”才可以令人满意地定义。在这篇文章中，维特根斯坦只是一种哲学风格，他的模范读者则是顺应这种风格的意愿与能力，两相合作使之成为可能。

所以我，身为无实体、无性别或无历史的声音，也是开始首场并结束末场讲座的声音，邀请你，善良的读者，在接下来的五次会面中，和我一起来玩我的游戏。

2　卢瓦西之林

The Woods of Loisy

穿越一片森林有两种方法。一种是尝试一条或数条可能的路线，以便尽快走出森林（到达祖母家，或者像大拇指汤姆、汉赛尔与格莱特那样回到自己家里）；另一种是漫步林中领会森林景致，弄清楚为何某些路通而某些路不通。同样地，通读一个叙事性文本也有两种方法。任何叙事性文本首先都是说给第一层次的模范读者听的，这个层次的读者理所当然希望知道故事的结局（亚哈船长最后设法捕到白鲸没有，利奥波德·布鲁姆在 1904 年 6 月 16 日几度与斯蒂芬·迪达勒斯偶遇之后，是否会跟他再次见面）。但是任何一个叙事性文本也是说给第二层次的模范读者听的，这个层次的读者会思考故事本身期望他或她是怎么样的读者，同时希望准确理解模范作者是如何在各处指引读者的。如果只想知道故事的结局，通常读一遍就够了。相形之下，要识别模范作者就得读很多遍，有些故事一读再读都不嫌多。经验读者只有在发现模范作者，并了解（或开始了解）模范作者对他们的要求后，才能成为成熟的模范读者。

阿加莎·克里斯蒂的著名侦探小说《罗杰疑案》，也许是模范作者的声音以最明确的方式吁请第二层次读者合作的文本。故事内容大家耳熟能详。叙述者以第一人称讲述大侦探波洛如何抽丝剥茧寻找嫌犯，到最后读者却从波洛口中得知，罪犯正是那个无法自圆其说的叙述者本人。就在叙述者等待被捕、准备自杀时，他直接转向读者。的确，这位叙述者是个暧昧的人物，他不仅在别人写的小说中自称“我”，也以这本小说的真实写作者自居（正如前面提过的亚瑟·戈登·皮姆），而故事发展到最后，他又作为他自己日记的模范作者出现——你也可以说，模范作者在通过他发声；或者，更恰当的表述是，我们通过他来享受模范作者的叙事表达。

这位叙述者因此邀请读者从头再读一遍，他表示，如果读者明察秋毫，会知道他自始至终未撒过谎，至多只是保持沉默而已，因为文本是部疏懒的机器，希冀来自读者的大量合作。他不仅邀请读者再读一遍，最后还重述前几章中某些句子，亲力协助第二层次的读者回溯：

> 我对自己的写作颇为满意。有什么比下面这段话更干净利落的："九点差二十分时信送进来，九点差十分时我离开他，信尚未展阅；我的手停在门把上迟疑了一下，回头检视并想想还有什么事没做。"你看，都是实话，但是假如我在第一句话后打上一排星号？会不会有人起疑那空白的十分钟里究竟发生了什么事？

此时，叙述者解释在那十分钟里他到底做了什么事。他继续写道：

> 我必须承认在门外碰到帕克让我吃了一惊。我忠实地记录了这件事。不久后尸体被发现，我送帕克去打电话报警，你看我用字多审慎："我做了一点点该做的事！"真的是一点点——只是将录音机扫进背包里，将椅子推到墙边原来的地方而已。[1]

当然模范作者并不都是这么清晰易认的。如果回到《西尔薇娅》，我们会发现我们面对的是一个也许并不希望我们重读一遍的作者，或者他希望我们重读但不希望我们第一遍就理解意思。普鲁斯特在给奈瓦尔的献词里描述了任何人第一次读《西尔薇娅》后可能会有的印象：

> 我们读的是彩虹绘成的图画，真实生活里是看不到的，文字也很难具象化，但有时会在梦境里，或经由音乐触动而出现。有时，在进入梦乡的刹那，我们看到这些图画，并试着去捕捉、定义，但醒来后就消失了……模糊又飘忽不定，就像记忆一样。这是一种氛围，西尔薇娅的氛围，是空气中的色彩，就像葡萄上结的粉霜……但它并不存在于文字里，文字没有这么写，它充斥在字里行间，就像尚蒂伊的晨雾。[2]

“雾”这个字非常重要。《西尔薇娅》就像迷雾般感染着读者，好似我们半闭着眼睛看景物，形状看不真切。但并非是其中的事物不能分辨；恰恰相反，《西尔薇娅》

里景致与人物的描绘都清楚明确，甚至达到了新古典主义的明晰澄澈。读者捕捉不住的是他们所处的时空。诚如乔治·普莱*所说，奈瓦尔所展现的过去“在跟他玩转着圈跳舞的游戏”。[3]

《西尔薇娅》的玄机就在于不断地转换于倒叙（flashbacks）与提前叙述（flashforwards）之间，并且使用了某些一组一组置入的倒叙。

每个故事都涉及一个第一叙事时间（即所叙述的事件发生的时间，可能是两小时以前，也可能是一千年前），故事的叙述者（第一或第三人称）和故事中的人物都可能提起所述事件之前发生的事情。或者他们可以暗示这些事件发生之时尚未发生和预期将要发生的事情。正如热拉尔·热奈特所说，倒叙似乎在补足作者忘了讲的，而提前叙述则显示了叙事的躁进。

每个人都会用这些技巧来描述过去的事件：“嘿，听着，昨天我碰到约翰了——记不记得他就是两年前每天早上去慢跑的人（倒叙）。对了，他看起来很苍白，我承

---

* 普莱（Georges Poulet，1902—1991），比利时批评家，日内瓦学派主要代表。

认我是过了一阵才想起来原因的（提前叙述），他说——噢，我忘了告诉你，我看到他时，他正从酒吧里走出来，那时不过是上午十点，懂了吧？（倒叙）——总之，他告诉我——天哪，你永远猜不到他告诉了我什么（提前叙述）……”希望我接下来的讨论不会像这段话这么杂乱无章。总之，奈瓦尔用令人眼花缭乱的倒叙与提前叙述把我们整得晕头转向，不过他具有更好的艺术感。[4]

故事的叙述者爱上了一位女演员，但不知道对方是否也爱他；报纸上登载的一则新闻倏忽使他陷入童年的回忆，他回到家乡，在半睡半醒的迷蒙状态中忆起两个女孩，西尔薇娅与阿德里安娜。阿德里安娜如梦似幻：金发，美丽，高挑，窈窕，是“至美与荣耀的虚幻想象”，“瓦卢瓦的血液在她的血管里流淌”；相形之下，西尔薇娅看上去像个来自邻村的“小女人”，褐眼暗肤的乡下女孩，并且孩子气地妒忌着叙述者对阿德里安娜的迷恋。

几个小时辗转难眠后，叙述者决定租马车回到旧游之地，一路上他开始回想起其他时间上更近的事件（文中有云“几年时间过去了”）。在这段长篇幅的倒叙中，阿德里安娜像飞逝而过的影像，记忆中的记忆，西尔薇娅则惊人地鲜明而真实，不再是“小小的乡下女孩……出落得亭亭玉立”，身材轻盈，笑容中有股高贵的气质。叙述者年幼时钟情于阿德里安娜的万般优雅，这时都出现在西尔薇娅身上，或许爱上她能填补叙述者渴望爱情的心灵。他们一起去拜访西尔薇娅的婶母，打扮得像早些年代的未婚夫妻，看起来似乎幸福在望。但是一切都太迟了，或太快了。叙述者第二天启程返回了巴黎。

此刻马车正爬上山坡，他来到童年居住的村庄。时间是清晨四点，叙述者开始了另一段倒叙，这一段我们在后面的讲座中也会提到——请理解我的提前叙述，因为这里（第七章）的时间关系乱如丝麻，根本搞不清楚他最后一眼瞥见阿德里安娜（他方才回忆起），是在刚刚想起的派对前还是派对后。不过这段插曲很短。叙述者到达卢瓦西时我们又碰上他了，射箭比赛已近尾声，他再度看见西尔薇娅，她现在是迷人的妙龄女郎，叙述者和她谈起童年与青春时期的点点滴滴（这些倒叙在故事里几乎不被人注意）；他惊觉她也改变了，她现在是制作手套的女工匠，读卢梭，能唱歌剧咏叹调，甚至学得了“措辞”的本领。谈到最后发现，她就快要嫁给叙述者的寄养兄弟，也是童年时的好友。叙述者憬悟，少不更事的幻想年代再也无法找回来，他已失去最后的机会。

回到巴黎后叙述者终于和女演员奥蕾丽（Aurélie）谈恋爱了，故事发展的速度也快起来：叙述者和女演员同居，明白自己并非真正爱她，两人一起回了故乡几次，看到西尔薇娅做了快乐的母亲，以亦姐亦友的态度对待他。在最后一章，叙述者被女演员抛弃（或让自己被抛弃），他再度与西尔薇娅交谈，说起失落的幻想。

这个故事题材可能很老旧，但纠缠不清的倒叙与提前叙述产生了奇幻的不真实感，正如普鲁斯特所说，“经常忍不住翻回前页，看看自己究竟身在何处，到底是现在，还是回忆中的过去”[5]。而那迷雾般的效果弥漫全书，常使读者心有余而力不足。像普鲁斯特这样着迷于追寻往事并在自己的作品最后重新寻回时间的人，会认为奈瓦尔既是大师又是与时间缠斗但铩羽的先行者，个中道理也就很明白了。

但究竟是谁输掉了？是注定要自杀以终的经验作者热拉尔·拉布吕尼？是模范作者奈瓦尔？还是读者？拉布吕尼在写《西尔薇娅》时，几度因精神状况不佳住进疗养院，在《奥蕾莉娅》（*Aurélia*）中他告诉我们他写得很费力，“总是用铅笔写在零乱的纸头上，沿着白日梦或散步那些偶然的路线写下来”。他写作时不在意时间关联、先后顺序，像经验读者第一次阅读时那样。普鲁斯特会说《西尔薇娅》“是个梦中之梦”，而拉布吕尼真像是在做梦一样写作。但奈瓦尔身为模范作者就不是这么回事了。关于时间与地点的明显不确定感使得《西尔薇娅》如此迷人（并使第一层次的读者产生危机），这种不确定感是建立在如钟表机件般准确的叙事策略与文法技巧上，只有第二层次的读者才能看得到。

怎样才能成为第二层次的模范读者呢？我们必须重建故事叙述者自己已经抛开的事件顺序，其目的倒不在于了解叙述者是如何丢失时序感，而是奈瓦尔如何引导读者丢失这种感觉的。

要想明白该怎么做，我们必须参考所有现代叙事理论中的一个基本主题，也就是俄国形式主义者对 fabula 与 sjuzet 所作的区分，我采用通常被接受的方式，翻译为**故事**（story）与**情节**（plot）。

尤利西斯的故事，荷马讲过，乔伊斯也重新创造过，而很可能在《奥德赛》出现之前，这个故事就已广为希腊人所熟知。尤利西斯离开烈火吞噬的特洛伊城，与同伴迷失在茫茫大海上，碰见奇怪的人类与凶残的野兽——食人族部落、独眼巨人、食莲人、斯库拉和卡律布迪斯海妖；他下到地狱，从塞壬妖妇的羁绊处逃逸，最后落在女神卡吕普索的手中。就在这个节骨眼上，诸神决定帮助他返回家乡。卡吕普索被迫放走尤利西斯。他回到海上，却发生船难，随后将一路遭遇告诉阿尔喀诺俄斯国王。然后他返航驶向伊萨卡，打败围绕在潘妮洛普身边的追求者，与妻子团圆。故事以线性方式发展，从开始的时间 T_1 到最后的时间 T_X（见附图 6)。

图 6：故事

《奥德赛》的情节则大为不同。《奥德赛》的起始是 in medias res*，起始于一个时间 T_0，也就是我们称之为荷

* 意为“从中间开始”，史诗叙事手法之一，故事从某个关键时刻开始叙述。

马的那个声音开始讲述的时候。我们可以根据自己的意愿确定这个时间，它可以是据传荷马开始讲述的那天，也可以是我们开始阅读的这个时刻。重要的是情节开始于时间 T_1，此时尤利西斯已是卡吕普索的俘虏。在这个时间与时间 T_2（与第八章遥相呼应）之间，尤利西斯挣脱卡吕普索的求爱，撞上腓尼基人发生船难，诉说他的身世。故事发展至此，时间回到我们称为时间 T_{-3} 的时刻，讲述的是尤利西斯先前的冒险，这段倒叙占去史诗极大篇幅，直到第十三章时文本才回到第八章的现场。尤利西斯结束回忆，登船驶向伊萨卡（见附图 7）。

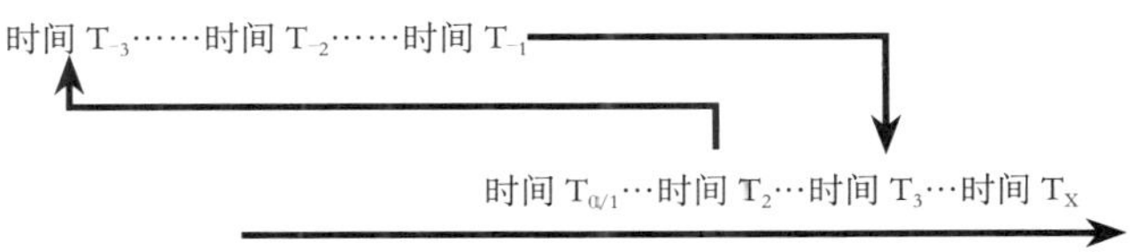

图 7：情节

有一些故事，比如童话，被称为“简单形式”，因为它们只有一个故事而没有情节。《小红帽》就是其中之一。它从小女孩离家走入森林开始，结束于大灰狼被杀、小女孩安返家中。另一个简单形式的例子是爱德华·李尔*的五行打油诗：

> 秘鲁有位老人
> 看着他太太烹煮食物
> 不小心一个差错
> 她炉子上烘烤的
> 竟是不幸的秘鲁老人

我们试着用《纽约时报》那种报道方式来说这个故事："3 月 17 日利马电。亚伐洛·冈萨雷·贝瑞托（四十一岁，育有二子，秘鲁化学银行会计）昨天被他的太太洛莉塔·桑切斯·德·梅狄纳齐利误放进牧羊人馅饼里烘烤……"为什么这个故事读起来不如李尔的精彩？因为李尔讲了一个故事（story），而这个故事是他描述的那件事（tale）的内容。这内容有一个形式，一种组织——即便只是简单形式的组织——李尔没有用情节来使其复杂

* 爱德华·李尔（Edward Lear，1812—1888），英国插画家、诗人，擅长五行打油诗，使之成为一种幽默诗歌形式。

化，相反地，他以五行打油诗典型的格律和趣味盎然的押韵构成的表现形式来呈现其叙事内容的形式。这个故事于是通过一种叙事话语（narrative discourse）得以表达（见附图 8）。[6]

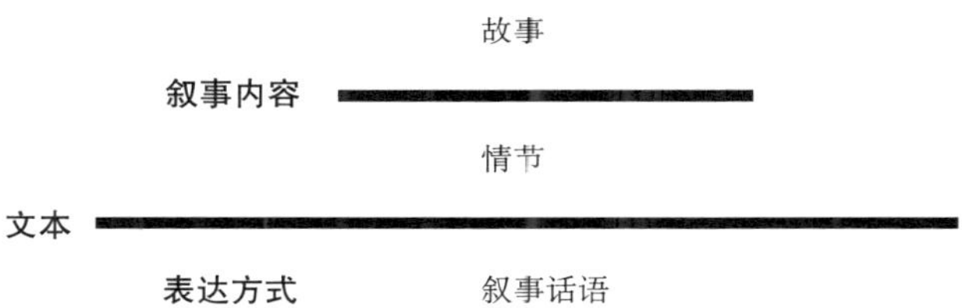

图 8：文本

我们可以说，故事与情节不是语言的功能，而是通常能够转化到另一种符号系统里去的结构。事实上，我完全可以借着语言的演绎改述，将同样的情节组织起来，把《奥德赛》的故事重写一遍，就像我刚才所做的那样；也可以改编成电影或漫画，因为这两种符号系统里都有倒叙的信号。另一方面，荷马用来说故事的文字是荷马文本的一部分，就无法轻易地改述或转换成影像。

可以想见一个叙事性文本可能缺少情节，但却不能没有故事或话语（discourse），即便小红帽的故事，也是借着不同的话语讲述流传下来的，格林的，佩劳特*的，或者我们母亲的。话语也是模范作者所采用的策略的一环。李尔以间接的略带同情的评论告诉我们秘鲁老人是“不幸的”，这是话语的一个元素，但不是故事的。在某种意义上，是话语，而不是故事本身让模范读者知道他是否该为老人的命运动容。五行打油诗的形式本身会提示我们以荒谬的、反讽的、玩笑的态度来看待其内容，这种形式也是话语的一部分。李尔选择这个形式就是要告诉我们，他讲的这个故事可以让我们发笑，而同样的故事如果以《纽约时报》那种文体报道时，可能会使我们流泪。

当《西尔薇娅》的文本写着“马车拾坡而上时，且让我们回想起我经常在那儿盘桓的日子”，我们知道这是模范作者而不是叙述者在和我们讲话。显然，此时模范作者通过它组织这个故事的方式暴露了自己：不是通过情节，而是通过叙事话语。

许多文学理论坚持，模范作者的声音必须通过事实

---

* 佩劳特（Charles Perrault，1628—1703），法国诗人、童话故事作家，童话集《鹅妈妈说的故事》中收有《小红帽》、《睡美人》等篇。

（即故事与情节）的组织才能被听到，这种论调将话语的存在降到最低程度——并不是说要当它不存在，而是读者不应该意识到它的提示。对 T. S. 艾略特而言，“通过艺术形式表达情感的唯一途径，是发现它的‘客观对应物’（objective correlative），也就是与这种特定情感构造相同的一组物件，一种情境，一连串事件”。[7]普鲁斯特虽然赞美福楼拜的风格，但不苟同他写“这些舒适的老酒馆总弥漫着些乡村风味”这样的句子。他引述“包法利夫人走近壁炉”这句话，很得意地评论说，“文中并没提到她觉得冷”。普鲁斯特要的是“紧织密缝的风格，斑岩般没有任何裂隙也无附赘物”，我们看到的纯粹是事物的“显形”（apparition）。[8]

“显形”这个词让我们想起乔伊斯所说的“显灵”（epiphany）*，在《都柏林人》中有几处显灵的例子，仅仅事件本身的描述就能告诉读者他们该试着理解什么。反观之，在《一个青年艺术家的画像》里，关于女孩-鸟的显灵，为读者指明方向的是叙事话语而非故事本身。这

* “显灵”（epiphany），原为宗教术语，指上帝在人间显灵，乔伊斯在小说中用以表现人物突然一刻的精神顿悟，从而产生世界观、人生观的根本转变。

就是为什么我认为《画像》里女孩的显形不可能演绎成电影形式，而约翰 · 休斯顿（John Huston）在执导《死者》* 这部电影时，也只能通过戏剧化地呈现事件、情景和人物对话来描摹故事气氛。

刚才我不得不花了些时间，偏离主题去讨论叙事性文本的各个层面，这时该回答一个很诡诈的问题了：如果有些文本只有故事而无情节，那么是否可能存在着某些文本，比如《西尔薇娅》，只有情节而无故事？《西尔薇娅》这个文本是否只是想告诉我们，重建一个故事有多不可能？它是否希望读者像拉布吕尼一样神志不清，无法分辨梦境、回忆和现实？文中使用未完成过去时态，不正说明作者刻意要我们迷失其中吗（而不是要我们去分析他使用这种时态的用意何在）？

这是两种意见之间二择一的问题。其一，拉布吕尼在一封致大仲马的信（收录于《火的女儿》）中嘲讽地写道，他的作品不比黑格尔的形而上学复杂，并且说“擅加解释会使魅力尽失，如果有可能解释的话”。其二，当

---

* 《死者》（*The Dead*），乔伊斯作品，电影同名。

然是奈瓦尔在《西尔薇娅》最后一章中所说，“就是这种幻觉令我们着迷，引领我们在生命之晨迷失方向。我试着不按条理写作，不过许多心灵会懂得我”。对于这段话，我们是该理解为奈瓦尔完全不按条理写作，还是他所遵循的条理不是明显易见的？像普鲁斯特这样曾为文详尽分析福楼拜动词时态的使用并且对叙事策略的效果观察入微的人，我们能相信他认为奈瓦尔的未完成时态除了诱引他外别无目的，运用这种残酷的时态只是为了呈现生命的短暂无常，目的仅在于唤起读者莫名的感伤吗？有没有可能拉布吕尼苦心孤诣调整作品内容的次序，但又不希望有人察觉并佩服他使用的技巧，以达到让我们迷失方向的目的？

我听说可口可乐之所以可口，是因为其中含有一种亚特兰大的术士们绝不会透露的秘密配方——但我不会采信这种可乐本位的论调。我不相信奈瓦尔不希望读者辨识并欣赏他的风格策略。奈瓦尔一定想要我们既感觉到时间的模糊化，又理解他是如何调配出这种感觉的。

也许有反对论调认为我的文学观点跟奈瓦尔的，甚至拉布吕尼的，牛头不对马嘴。且让我们再回到《西尔薇娅》的文本。故事以一句模糊的“我走出剧院”开场，好像要创造一种童话般的氛围，直到结局才出现一个日期，也是全文中仅有的日期。在最后一页，当叙述者失去了他所有的想望后，西尔薇娅说 ：“可怜的阿德里安娜！她死在圣 S 的修道院里……时间大概在 1832 年吧。”

为什么行将结束之时，在这最紧要的地方，出现了这个怵目的日期，似乎用一个准确的参考时间打乱了之前苦心经营的迷离感？正如普鲁斯特说的，“读者忍不住不断翻到前页去找自己到底身在何处，究竟是现在，还是回忆中的过去”。如果我们真的翻回前页，我们会意识到整个叙事话语充满了时间上的提示。

这些提示第一次阅读时不易察觉，但再读的时候就很明显了。讲这个故事时，叙述者说他爱上女演员已经一年。在第一次倒叙后他提到阿德里安娜，说她是“多年来遗忘的容颜”，但他想起西尔薇娅时又奇怪“我怎么三年来都没想过她”。读者起先会想，第一次倒叙后时间又过了三年，但这么一来就更加困惑，因为这样算来当时叙述者应该还是个小男孩，不会是寻欢作乐的年轻人。但是到第四章起首，第二次倒叙开始时，马车爬上山坡，文本写着“几年过去了”。从什么时候算起？大概从第一次倒叙里讲述的童年算起吧。读者会认为从第一次倒叙的时间到第二次之间，几年已经过去了，而从第二次倒叙的时间到动身旅行时，三年时间又消逝了……在第二次倒叙时，叙述者显然在当地停留了一夜又一天。第七章（时间顺序最混乱的一章）以“现在是早上四点钟”起始，接着告诉我们叙述者在黎明将近时抵达卢瓦西。叙述者回到巴黎和女演员谈恋爱后，时间的提示越来越频繁：我们得知“几个月过去了”；某次事件后出现“接下来的几天”等字眼；我们又读到“两个月后”、“下个夏天”、“第二天”、“当晚”，等等。也许这个告诉我们时间关联的声音希望我们失去时间意识，但它也在鼓励我们重建事件的准确顺序。

这就是为什么我希望你们看看附图9的图解。请不要认为这是个不必要的煎熬，这会帮助我们更好地理解《西尔薇娅》的奥秘。图中纵轴列着事件（故事）中隐含的时间顺序，虽然有些地方奈瓦尔只轻描淡写一笔带过，我还是据之重建；横轴上则是篇章顺序——也就是情节的顺序。奈瓦尔在文本中告诉我们的故事的外在顺序，在情节轴上看起来像一条短小的锯齿形的水平线，从这条线分出直线箭头指向过去。垂直方向的实线箭头代表叙述者的倒叙，而虚线箭头则代表叙述者针对西尔薇娅或其他人物（包括他自己，例如向奥蕾丽描述他的回忆）的倒叙（暗示、间接提及、简短的回忆）。箭头始自叙述者讲话时的现在完成时，一直指向过去完成时。但是，两种时态都不断因为未完成过去时的使用而云遮雾掩。

叙述者是在哪一时刻开始讲述的？或者说，他讲述的零时间 T_0 在哪里？由于这个文本的背景是 19 世纪，《西尔薇娅》又写于 1853 年，我们不妨就以 1853 年为叙事的 T_0 吧！这纯粹是个约定和假设，以此作为我们展开讨论的基础。我也同样可以把这个时间定在我们正在阅读它的 1993 年。重要的是一旦 T_0 设定，我们就能使用叙事话语中提供的数据，准确无误地往前推算时间。

如果阿德里安娜死于叙述者少年时代遇见她以后的 1832 年，又考虑到叙述者乘马车返乡的那个夜晚以及两天后返回巴黎之后很清楚地告诉我们，他和女演员谈恋爱已经几个月，而不是几年，则我们大致可以确定，前三章中所提及的夜晚，和返回卢瓦西的整个插曲，发生于 1838 年。如果我们想象叙述者当时是个二十出头的时髦小伙子，再考虑到第一次倒叙中形容他是个十二岁左右的小男孩，我们就可以确定第一次回忆带我们回到的是 1830 年。我们又得知 1838 年时，离第二次倒叙中的时间又过去了三年，可以假定事件大约发生于 1835 年。阿德里安娜过世的 1832 年，这个最后才出现的日期，对我们的认知很有帮助，因为在我们重建的 1835 年里，西尔薇娅依稀提及“结局很不好”、“下场很悲惨”，引导我们认为阿德里安娜那时已经死去了。因此，当我们确定了两个约定的参考时间——1853 年作为叙事声音的零时间 T_0，1838 年某个夜晚作为回忆开始的第一时间 T_1——我们可以建立一个回溯到 1830 年的时间表，也可以往前推到叙述者和女演员最终分手的时候，大约 1839 年。

重建时间对我们有什么好处？如果我们仅是第一层次的读者，那么什么好处也没有。也许可以借此拨开一些迷雾，但又失去了迷离的美感。但第二层次的读者则会了悟到这些回忆是有秩序的，这些突然的时间跳转和瞬间回到过去，是有节奏可循的。奈瓦尔借着类似作曲的手法营造出他的迷雾效果。

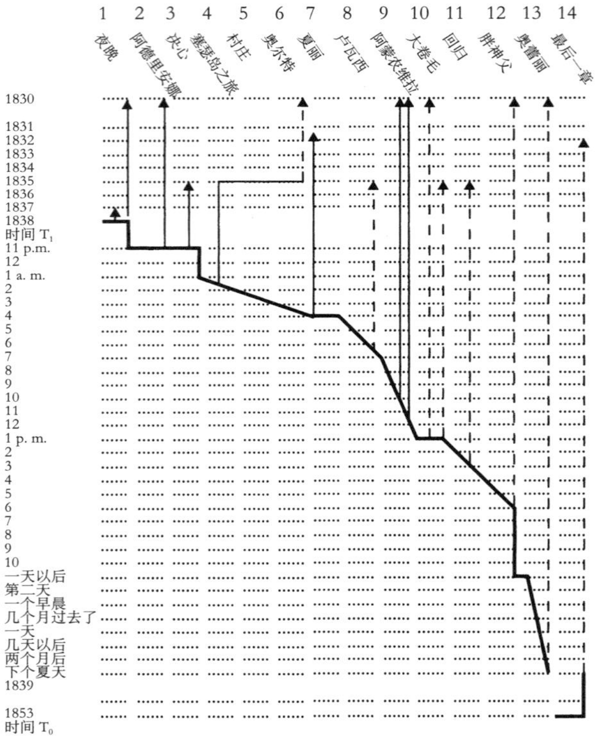
1 2 3 4 5 6 7 8 9 10 11 12 13 14
夜晚
阿德里安娜
决心
塞瑟岛之旅
村庄
奥尔特
夏丽
卢瓦西
阿蒙农维拉
大卷毛
回归
胖神父
奥蕾丽
最后一章
1830
1831
1832
1833
1834
1835
1836
1837
1838
时间 T_1
11 p.m.
12
1 a. m.
2
3
4
5
6
7
8
9
10
11
12
1 p. m.
2
3
4
5
6
7
8
9
10
一天以后
第二天
一个早晨
几个月过去了
一天
几天以后
两个月后
下个夏天
1839
1853
时间 T_0

图 9

这就像旋律一样，读者先享受旋律引发的效果，接着才明白音程序列的巧妙组合如何产生这些效果。曲谱告诉我们节拍是怎样通过所谓“换挡”的方式在读者身上产生作用。大多数的倒叙发生在前十二章里，覆盖了二十四小时（从夜里十一点叙述者离开剧院，到第二天晚上他告别朋友准备次日返回巴黎）。可以说在这二十四小时内，嵌入了前八年的时光。不过这依赖于我重建的时间所呈现的“幻视”。在附图 9 的纵轴上，我谱写出了《西尔薇娅》作为文本预先设定，但没有明确说出的所有的故事进程——因为叙述者无法掌握这些时间策略。这八年时间，只有些许事件与零碎的片段被重新找回。于是，情节里有无限的空间来叙述发生在这不连贯的几个小时里的故事，因为这八年没有重现在叙事里，我们得自行摸索理解，而我们也像这八年一样，失落在过去的迷雾中——按理，过去本就是无法再现的。为了寻回这寥寥数小时的往事所付出的巨大篇幅，并没有真正重建事件的发生顺序，但正是这种花在重拾记忆上的时间与真正寻回的时间之间的失衡比例，产生出如此柔美的呻吟和甜蜜的挫败感。

正因为这种挫败，最后的结局来得十分迅速，只用两章的篇幅交代。我们跳过了几个月的时间，一下子就到达了终点。叙述者为他过快的速度找到合理的借口："我现在还能说什么呢，无非是大多数人都有过的遭遇。"其间只有两段简短的倒叙，一段是叙述者说的，告诉女演员他年幼时心目中的阿德里安娜（现在他不再做梦了，而是告诉奥蕾丽一个读者已经知道的故事）；另一段是西尔薇娅说的，她像惊雷般确定了阿德里安娜的死亡时间，仿佛这是整个故事中唯一真实、无法否认的真相。在最后两章里叙述者加快了情节发展，因为故事里已无事件可发掘了。他放弃了。速度的转变使我们从一个迷恋的时间转移到一个迷惘的时间，从一个静态的梦境时间转移到一个加速的真相时间。

普鲁斯特说得没错，这幅彩虹色的图画是由音乐启发的，不是建立在字句之中，而是玩味于字句之间。事实上，它是由情节与故事间的相互关系造就的，这种关系甚至左右着叙事话语中的词汇选择。如果将一张透明的故事／情节坐标网格铺放在散漫的文本表面上，你会发现不论情节跳回过去的时间抑或回到叙事主干上，都是在网格这些交叉点上发生所有的时态变化。所有从未完成过去时转换到现在时或过去完成时，或从过去完成进行时转换到现在时的变化（反之亦然），都出乎意料且经常无法察觉，但一定都有动机。

在前一次讲座里我曾说到，多年来我以临床的精密态度反复研究《西尔薇娅》，但这本书的魅力历久弥新，每次重读都好像第一次和西尔薇娅坠入爱河（我不确定是和书还是和人）。我既然已洞悉其策略的诀窍所在即故事／情节坐标网格，怎么可能还会这样呢？理由是网格可以在文本之外设计，但重读时你又回到文本里面，一旦进去就不会仓促地读完它。当然，如果你要检索某个句子，你会快速浏览，不过这不叫阅读，而是像电脑一样查阅、扫描。如果你阅读时试着去玩味各式句子，就会恍悟《西尔薇娅》迫使你放慢速度。当你慢下来适应它的速度时，就忘记了坐标网格或阿里阿德涅的线*，再度迷失在卢瓦西的森林中。

拉布吕尼病中可能没意识到他建构了这么美妙的叙

* 希腊神话中克里特公主阿里阿德涅（Ariadne）以线团帮助忒修斯走出迷宫。

事机制，但这个叙事机制的法则就隐藏在文本之中，在我们眼前。14 世纪的僧侣施瓦茨（Berthold Schwarz）在寻找哲人石的时候，是怎么发现火药的？他对火药一无所知，也一无所需；但火药一样存在，且不幸能产生作用，以一种可怜的施瓦茨不懂的化学配方产生作用。经验作者纯粹靠运气发现的事物，模范读者阅读到了，且将之归功于模范作者。

当我说奈瓦尔希望我们了解文本中运用了哪些结构来指导模范读者时，我是在做阐释性的推想。然而，也有许多例子是经验作者直接介入，以便告诉我们他要成为哪种模范作者。信手拈来的例子是埃德加·爱伦·坡和他的《写作论》（“The Philosophy of Composition”）。很多人认为此文是挑衅之作，爱伦·坡企图指出在其诗作《乌鸦》里，“没有任何一处可归因于意外或直觉——作品以演算数学问题的精准与严密顺序，一步一步发展完成”。我想爱伦·坡旨在道出他希望第一层次读者在他诗中的感应，以及第二层次读者在诗中的发现。

爱伦·坡说文学作品应该简短到坐下一次就能读完，“因为坐下两次才能读完，尘俗杂事就会进来干扰，所谓整体性立刻摧毁殆尽”。人们可能认为爱伦·坡是有些天真的。但在我看来，这一剂处方并不只是考虑到经验读者的心理：它关注的是模范读者的合作，且隐藏着对黄金律的永恒追求这一问题。接着，爱伦·坡指出他认为诗的主要效果就是美：“任何一种美在其灿烂展现时，永远会牵动敏感的心灵而至落泪，忧郁乃成为所有诗的调性里最正统的。”不过坡想找到“整体结构能赖以旋转的支点”，并宣称“没有什么比叠句使用得更广泛”。

爱伦·坡详述了叠句的效果（衍生自“单音调的力量——声音与思想皆然”），和其中的趣味（“纯粹来自不断重复所引发的认同感”）。最后他决定，为了使单音调发挥深植人心的魅力，叠句必须是“一个单词……以延长的重音突显其铿锵的音响及感染力”。“绝不再”（nevermore）这个词显然为他相中。但既然单音调叠句明显不适合由人来表现，他觉得别无选择，只有借由会说话的动物之口，也就是乌鸦。这就产生了另一个待解的问题。

我自问：“在所有忧郁的主题中，根据人类的

> 普遍了解，什么是其中之最？”答案当然是“死亡”。我又问：“这个最忧郁的主题，何时最诗情？”我前面费了点劲解释，答案也是明白不过的，“当其与美紧密结合时”。一个美丽女子的死亡毫无疑问是世上最富诗意的主题，同样的，失去至爱的情侣最适合传颂这个话题，也是殆无疑义的。
>
> 我现在结合这两个想法：爱人哀悼他的亡侣，乌鸦则不断重复这个词“绝不再”。

爱伦·坡什么都考虑到了，甚至包括他理想中的节奏与韵律的类型（“节奏是长短格的，韵律为八音步诗行，和七音步诗行轮替使用，在第五个诗节重复叠句，最后终结于四音步诗行”）。最后，他苦思“把爱人与乌鸦放在一起”的适当时机。让他们在森林里相遇当然是顺理成章的，但爱伦·坡认为应该有一个“封闭的空间”，就像“相框之于照片”，好集中读者的注意力。于是他将爱人放在家中一个房间内，再思考乌鸦怎么登场，“从窗户出现的想法当然是无可避免的”，爱人误以为乌鸦靠着窗扉振翅的声音是敲门声，不过这个细节的设计旨在延长读者的好奇心，并且“引入爱人推开门时产生的附带效果，他发现门外一片黑暗，从此有了亡侣的魂灵来敲门的幻想”。当晚当然得风雨交加（史努比也知道该这样），“一是给乌鸦一个想进屋内的理由，二是为了与室内宁静气氛的对比效果”。最后作者决定让乌鸦栖息在帕拉斯女神胸像上，形成白色大理石像与黑色羽翼间的视觉对比，“选择帕拉斯胸像的原因，主要是配合爱人的学者气质，其次则是因为帕拉斯这个词的发音铿锵有力”。

我还需要继续引述这个精彩的文本吗？爱伦 · 坡并不是告诉我们（虽然一开始好像是），他想在经验读者身上创造什么效果；否则他会三缄其口，让诗作的秘密像可口可乐的配方般秘而不宣。他顶多揭示了让第一层次读者惊讶赞叹的效果是如何办到的。但事实上他跟我们推心置腹，透露了他希望第二层次读者发现的秘诀。

模范读者应该去寻找那种亨利 · 詹姆斯赞美的织入地毯中的隐秘形象吗？尽管我们也许相信这个形象是一部艺术作品的终极意义，却并不是此处的目的。爱伦 · 坡不是在确认他诗作的终极的、众口同声的意义：他说明设计的策略所在，旨在让读者永无止境地发掘他的诗意。

也可能他决定泄露天机，是因为到那一刻为止，他尚未找到理想的读者，而打定主意扮演自己诗作的最佳读者。若真是这样，则此举略显自大而又带着谦卑的自尊，令人油生怜悯。他不该写下《写作论》，而应该将发掘天机的工作留待我们来做。不过我们知道埃德加的精神状况并不比热拉尔·奈瓦尔好到哪里去，热拉尔给我们的感觉是他根本不知道自己做了什么，埃德加则让我们感觉他知道太多。节制（拉布吕尼的疯痴天真）和赘言（爱伦·坡的多余配方）来自两种经验作者的心理。但坡的多言让我们了解到拉布吕尼的保留。我们得将后者转化成模范作者，让他说出秘而不宣的话；对于前者我们则该体认到，即使经验作者没开口，模范作者的布局策略也尽现文本中。“帕拉斯苍白的胸像”上那个不安的形象已经是我们自己的研究心得，我们可以年复一年流连在那个房间里，就像在卢瓦西和夏丽间的森林里寻找消逝的阿德里安娜–丽诺尔*一样，不想再从那些森林里出来。绝不再。

* 丽诺尔（Lenore），爱伦·坡诗作《乌鸦》中死去的女性人物。

3　漫步林中

Lingering in the Woods

一位安布洛先生在为出版商奥伦道夫婉拒普鲁斯特的手稿《追忆逝水年华》时致信写道："或许我理解力稍差，但很难相信有人花三十页篇幅去描述入睡前辗转反侧的情形。"

卡尔维诺在赞美快速笔法时提醒大家："我并不是说快速就是好的，叙事时间也可以拉长、迂回或停滞不前……为快速的叙事辩护，并不意味着否定慢笔叙事（lingering）的趣味。"[1]有了这种趣味，我们才能将普鲁斯特供奉进文学的万神殿中。

我们前面提到，文本是部疏懒的机器，希冀读者也加入操作，果真如此，文本又怎么能徘徊流连，好整以暇地缓步而行？小说旨在描述人的行为，读者想知道这些行为的最后结局。有人告诉我在好莱坞，制片人在听一个送上门来的电影企划案的故事或情节时，如果细节过多，他会大叫："切到追杀吧！"（Cut to the chase!）意思是：当印第安纳·琼斯背后蜂拥着一大群敌人，或约翰·韦恩那帮人在《驿马车》中快被杰罗尼莫赶上时，别浪费时间，丢掉那些微妙的心理活动，直接切入高潮！

另一方面，在让于斯曼*笔下的德塞森特†如此心醉神驰的古老的性爱手册中，我们也注意到"罪之快感"（delectatio morosa）的概念，这是一种令最迫不及待的人都投降的慢笔写法。如果某件重大或扣人心弦的事情将要发生，我们必须懂得经营慢笔叙事的艺术。

设想你到林中散步，如果不是迫于摆脱大灰狼或恶魔非得快速离开，那么流连漫步是很美的，欣赏阳光在林叶间跳跃，投影在沼泽地上，查看灌木丛底下生长的青苔、蘑菇和植物。流连漫步并不是浪费时间，就像人在做决定之前，常会驻足思索。

---

* 于斯曼（Joris-Karl Huysmans，1848—1907），法国作家、艺术评论家，其从自然主义到颓废运动，从撒旦崇拜到信奉天主，从感官欢愉到精神追寻的写作及人生过程，可在《逆流》、《在那儿》、《教堂》等作品中得见。

† 德塞森特（Des Esseintes）是黑色喜剧式作品《逆流》的主人翁，闭锁自我体验性爱感官幻觉的奇特人物。

既然我们在林中漫游时并不特意想去什么地方，甚至偶尔迷路一番也挺有意思，那我就来讨论讨论作者的策略诱发读者去进行的散步。

作者使我们流连漫步的手法之一，是容许读者去做"推理散步"（inferential walks），在《读者的角色》[2]中我已讨论过这个概念。

在任何小说里，文本都可能发出悬念的信号，好像叙述放慢了乃至止步不前，又好像作者在说："现在轮到你走下一步了……"当我说"推理散步"时，以森林这个隐喻而言，我指的是在森林以外想象的散步，也就是说，读者为了预测故事走向，转而向自己的生活经验或阅读其他故事的心得取经。20世纪50年代，《MAD》杂志*刊载一些名为《大快人心》的短篇漫画故事，就像附图10里面那种。[3]这些故事就是针对那些满脑子好莱坞式结局的读者，扰乱他们推理的步伐。

但文本不见得都这么不安好心，读者往往都能享受

---

* 《MAD》杂志，1952年由Harvey Kurtzman在纽约创办，专门恶搞电影、小说、漫画的幽默杂志，以离经叛道、惊世骇俗的嘲讽姿态成为美国流行文化的一个标志性符号。

图 10

到做出猜测之后果然应验的乐趣。我们不能错误地以为，悬疑信号是廉价小说或商业电影才惯用的伎俩。读者在对故事做出预测的过程中，会牵涉阅读时必然有的情感层次，这个情感层次将希望与害怕等情绪引入，还有对角色命运的认同所产生的紧张心理。[4]

曼佐尼（Alessandro Manzoni）所著的《约婚夫妇》是一部19世纪意大利文学经典，几乎所有意大利人都恨这本书，因为学校强迫必读。我父亲在老师指定之前就鼓励我读了，而我很喜欢它。

书中某处述及一位17世纪的乡村助理牧师亚邦迪欧先生，此人唯一的天赋是懦弱，在返家途中一路念颂祈祷经，结果看见了他“完全不期望、也不想看见的人”：两个“恶棍”（Bravoes）正等着他。Bravoes这个词在当时意指雇佣兵或投机分子，是供统治伦巴第的西班牙贵族驱使的流氓，受雇于他们的主子，从事最下流的勾当。要是换了一位作家，可能会立刻告诉我们发生了什么事，以平抚读者不耐烦的情绪——切到追杀吧。曼佐尼可不一样，他做了件令读者跌破眼镜的事，花了几页篇幅用详细的史料介绍恶棍的背景，然后才回到亚邦迪欧先生身上，但又不让他立即见到恶棍，而是让读者悬空等待：

很显然，我们提过的两个恶棍正在等人，亚邦迪欧先生则最不喜欢从一些错不了的暗示中被迫知道他们等的正是自己，因为当他出现时两人互望了一眼，那抬头的动作正明显提示着“他来了”，其中跨骑在墙上的人抬过腿跳下站好，另一个靠墙而立的人也立起身，两人笔直向牧师走来。

亚邦迪欧先生手中的祈祷经仍然敞开着，好像正在阅读，但目光从书上方窥视对方的举动，当他看见对方笔直向他走来，心里立刻浮上十几个不妙的念头。他先寻思他和恶棍之间有没有向左右两旁岔开的通路，但清楚记得没有这样的小径，又很快在脑海里搜索最近有没有开罪权贵或寻衅的人，答案自然是否定的，即使在这危难的时刻，他仍为自己的坦荡感到一丝安慰。恶棍越走越近，边走边正眼瞧他，他将左手大拇指和食指放在衣领下，好像要整衫，又让手在颈间移动，同时回头从眼角望向最远处，紧咬着嘴唇，看看那个方向可有人走过来。

没有人。他的眼光穿过边墙望向田野，也看不到任何人。他再焦急地往前看一眼，除了恶棍，没有别人。

他该怎么办？[5]

该怎么办？注意，这个问题不仅针对亚邦迪欧先生，也针对读者而发。曼佐尼精于在叙事过程中突然机灵地转而诉诸读者的注意力，此处还算是不那么猝不及防的。如果你是亚邦迪欧先生，你会怎么做？这是模范作者（或文本）邀请读者做推理散步的标准范例，而这种拖延的策略，目的就在于激发这场散步。再请注意，读者不需要真的问自己该怎么办，因为亚邦迪欧先生显然无路可逃了。读者可效法他将两根手指放在衣领下，不是整衫而是循着故事往前看。他们应邀思考的是，两个恶棍为什么要找这么个无趣又平凡的人？嗯，我不准备告诉你原因。如果你还没读过《约婚夫妇》，现在是时候了。你应该知道，书中所有事件都是从这次见面发展出来的。

我们仍旧会问，曼佐尼有必要花几页篇幅介绍恶棍的历史背景吗？读者会试着跳过去，每个《约婚夫妇》的读者都这么做过，至少第一次阅读时会。其实跳页所需的时间也是叙事策略早已算计好的，因为模范作者知道（即使经验作者不知道如何表达这个观念）虚构作品中的时间以三种形式出现——故事时间（story time）、叙事时间（discourse time）和阅读时间（reading time）。

故事时间是故事内容的一部分。如果文本说“一千年过去了”，则故事时间为一千年。但在语言表达的层面上，也就是小说叙事的层面上，写作（和阅读）这段的时间是很短的。这就是为什么极短的叙事时间可以表现一段非常长的故事时间，当然倒过来也可以成立，譬如前面提到奈瓦尔花了十二章的篇幅讲述一夜一天内发生的事情，接下来的两章篇幅较短，却讲述了几个月甚至几年间发生的事情。

小说理论家们多少都同意，确定故事时间并不难。[6]凡尔纳的《八十天环游地球》，从出发时间到抵达时间历经八十天——至少对在伦敦的改革俱乐部等待的会员是如此（对于向东行的福格来说，则用了八十一天）。但确定叙事时间则不那么简单，究竟该以文本的长度，还是阅读所需的时间为准？我们不能确定这两者时间一致。如果以字数为准，我下面要读的两段文章，是热奈特称为“等时性”（isochrony）、查特曼*称为“场景”（scene）的叙事现象的例子——即是说，故事时间与叙事时间相对等长，比如对话就属于这种情况。第一个例子取自一本道地的硬汉小说†，这种叙事类型将每件事都简化为行动过程，不容读者有片刻喘息时间。标准的硬汉小说式叙述就像情人节大屠杀‡那样，几秒钟内所有敌人都被杀光了。米基·斯皮兰就这层意义而言是文学界的艾尔·卡邦，他在《一个寂寞的夜晚》（*One Lonely Night*）结尾描写了一个发生在眨眼之间的场景：

> 他们听到我的尖叫声和刺耳的枪声，子弹穿刺进骨肉和内脏里，这就是他们耳际最后的声音了。他们试图逃跑时倒下来，只觉得膛开腹裂，溅了满墙。我看到将军的头炸裂成闪亮的湿碎片，喷洒得满地都是，从地铁里跑出来的人企图以手阻挡子弹，

---

* 查特曼（Seymour Chatman），美国学者，专研电影与文学的叙事结构与风格。

† 硬汉小说（hard boiled fiction），美式冷硬风格的犯罪书写，开发出粗犷写实的侦探小说类别，由哈米特（Dashiell Hammett）开创，斯皮兰集大成。

‡ 情人节大屠杀，1929 年 2 月 14 日在芝加哥发生的一起谋杀案，七名黑帮分子遭到集体枪杀。主使者可能是艾尔·卡邦，美国著名黑帮教父。

结果轰出一个个恐怖的殷蓝色的洞。[7]

在我大声读完这一段之前，大概已经执行完大屠杀了，我们应该感到满意。花了二十六秒读完十秒钟的大屠杀，成绩不错。至于电影，通常叙事时间与故事时间完全吻合，这是“场景”的很好例子。

让我们看看伊恩·弗莱明在《007 皇家赌场》中描述的另一个恐怖场景，奇夫里之死：

> 噗的一声枪响，不比挤牙膏时气泡破裂的声音大，四周一片死寂，奇夫里好像突然长出另一只眼睛，与两只眼睛平行的第三只眼睛，就在额头下面，鼻根将突起之处，一只小小的黑色的眼睛，既无睫毛也无眉毛。有一瞬间三只眼睛环视房间，然后整张脸似乎滑倒在一只膝盖上，靠外边的两只眼睛颤抖地望向天花板。[8]

故事持续了两秒钟，第一秒时邦德开枪，第二秒时奇夫里以他的三只眼睛瞪视着房间，但阅读这段文字却花了我四十二秒钟。用四十二秒阅读弗莱明的九十八个单词，比起二十六秒阅读斯皮兰的八十一个单词自然是慢了些。大声读出来可以帮你加深叙述放慢的印象，就像电影里（比如萨姆·佩金帕的电影）镜头也会持续好一阵子，好像时间停驻了一般。读斯皮兰那段的时候，我下意识地加快速度，读弗莱明时我却慢下来。我认为弗莱明这个场景是个“延展”（stretching）的好例子，与故事的速度比起来，叙事显然缓慢得多。不过这种延展，像画面一样，取决的不是字数，而是文本加诸读者的节奏。更有甚者，在默读的过程中斯皮兰会让人快速浏览，弗莱明则令人驻足“品味”（如果这么恐怖的叙述也能用这个字眼形容的话）。这些名词、暗喻、凝聚读者注意力的方法，迫使弗莱明的读者以一种极不寻常的眼光看待一个额头挨了一枪的人；相形之下，斯皮兰的手法唤起的不过是读者或观众记忆中既有的大屠杀影像。我们必须承认，用气泡破裂的声音比拟手枪消声器，以及第三只眼的暗喻，还有两只天生的眼睛望向第三只眼看不见的地方，这些都是俄国形式主义者所揄扬的陌生化（defamiliarization）的典型。

普鲁斯特论及福楼拜的风格时曾说[9]，福楼拜的优点之一，是特别善于描绘时间的印象。普鲁斯特曾以三十页的篇幅描写在床上辗转反侧无法入睡的情形，但他非常推崇福楼拜《情感教育》的结尾，说其中最妙的不是任何一句话，而是留白。

普鲁斯特注意到，福楼拜用了大量篇幅描述主人翁弗雷德里克·莫罗的细微琐事，而在趋向结尾时加快速度，引出弗雷德里克生平最戏剧性的时刻。拿破仑政变后，弗雷德里克目睹骑兵队在巴黎市中心发动攻击，他兴奋地看着龙骑兵中队抵达时“握剑俯骑于马背上”，一个警察杖剑刺向叛军，叛军倒地而亡，“警察环顾四周，弗雷德里克张大了嘴，认出那人就是塞内卡勒”。

福楼拜于此结束本章，接下来的空白对普鲁斯特而言是“极大的留白”，然后，“不着一丝痕迹地，时间的量度突然不再是一刻钟而是几年、几十年”。福楼拜这样写道：

他行走天涯。

他逐渐了解了汽船的忧郁，在帐篷中清冷地醒过来的滋味，地景与废墟的单调，友谊离他而去的苦涩。

他回到了家乡。

他进入社交圈，与其他女人交往，但记忆犹新的初恋使这些恋情索然无味，此外，狂烈的欲望和花朵般绽放的感觉都消失了。[10]

我们可以说福楼拜一步步地加快了叙事时间，起先是为了描述事件（或故事时间）的加速，但在一段空白时日后，他反转手法，在很短的叙事时间里制造很长的故事时间。在这里我们看到一个不是通过语义而是通过句法构造来产生“陌生化”的例子，读到此段时，读者被迫在那简单但极长的空白时日“换挡”。

所以叙事时间是文本策略的结果，旨在与读者的反应互动，在他们身上强加一个阅读时间。

现在让我们回到关于曼佐尼的问题。为什么他明知读者会略过不读，却仍要插入一段长达几页有关恶棍的历史背景？理由很简单，因为即使略过不读这个动作也要花些时间完成，或至少造成花小时间省大时间的印象。

读者知道他们跳过这一段时（可能在心里告诉自己稍后再读），必须意识到或推断出这一段也含有重要的讯息。作者不仅暗示他所叙述的这种事情真的发生过，也在告诉读者这个小故事确有历史根源。读者明了这点后（即使略过不读恶棍那一段），亚邦迪欧先生以手指抚弄衣领的动作也更富戏剧性了。

文本如何将阅读速度强加给读者？想一想建筑和象征艺术的始末就不难了解了。

一般认为，在某些艺术形式里时间长度扮演着关键性的角色，而且叙事时间和“阅读时间”一致；其中尤以音乐为然，电影次之。以电影而论，叙事时间未必与故事时间一致，而在音乐中三个时间完全一致（除非你硬要通过音乐主题或旋律序列来印证故事，通过对主题的复杂处理来探索情节与话语，而这些手法通常包括变奏或回溯到先前的主题，瓦格纳的音乐就是如此）。这些时间艺术（temporal arts）容许存在“重读时间”（rereading time），因为观众或听众可以不断重复欣赏——如今各种影音产品充斥，更扩大了这一优势。

相形之下，空间艺术诸如绘画和建筑就与时间无关。当然，它们的外观足以从形式上证明几世纪的古老历史（它们诉说自己的故事），但没有设下欣赏时间。然而一件视觉艺术作品也需要一个绕行观赏时间(circumnavigational time)。雕塑和建筑由于结构复杂，要想全面地欣赏它需要一个起码的时间。你可以花上一年时间观赏沙特尔大教堂，却可能对其中无数雕塑与建筑的细节视而不见。耶鲁大学的拜内克善本图书馆四面外墙一模一样，上面的窗户对称，比起观赏沙特尔大教堂来所需时间更少。丰富的建筑装饰代表着想增加观看者对建筑形式的印象，因为细节越丰富，意味着需要花更多时间细细浏览。某些绘画作品观赏一次是不够的，以杰克逊·波洛克*的作品为例：第一眼你只会快速浏览画布，粗略看到随意泼洒的形状，再看时就会发现，这幅作品可以被诠释成它自身形成过程的凝固轨迹，而且——正如身处森林或迷宫里的情形一样——很难认清哪条才是最优路径，从何处开始，如何选择才能看透那幅由泼洒油彩所造成的静止的画面。

* 波洛克(Jackson Pollock，1912—1956)，美国画家，抽象表现主义的开山鼻祖。

在小说里弄清楚叙事时间和阅读时间当然也不容易；但毫无疑问，有时大量的描写和细微末节的庞杂叙述，与其说是表现手法，不如说是放缓阅读时间的策略，直到读者落入作者认为欣赏文本所必需的节奏之中。

也有一些作品，为了使读者配合这种阅读节奏，让故事时间、叙事时间和阅读时间三者一致。在电视里这就是“实况转播”，只要想想安迪·沃霍尔*花了一整天时间在帝国大厦以固定机位拍摄的那部电影就知道了。文学很难量化阅读时间，但我们可以说，阅读《尤利西斯》最后一章所需的时间，绝不会少于莫莉·布鲁姆的意识流胡思乱想所花的时间。至于其他，我们所能做的是采取比例准则：如果你花上两页篇幅来说明某人走了一里路，你就需要四页去说明他走了两里路。

文学史上的骗术大师佩雷克†某次忽发奇想，想写一部和世界一样大的巨书。后来他发现这事做不到，于是在《巴黎某处纪实》(*Tentative d'épuisement d'un lieu*

* 沃霍尔（Andy Warhol，1928—1987），美国画家、电影导演，波普艺术先驱。

† 佩雷克（Georges Perec，1936—1982），法国作家，擅长开发形式与风格的奇想家。

parisien）里，他谦虚地尝试将 1974 年 10 月 18 日至 20 日间发生在圣叙尔比斯教堂广场附近的事“实况转播”下来。佩雷克深知描写这个广场的文字岂止车载斗量，但他着手书写的是其他历史书和小说里都不见经传的事：日常生活内容的全貌。他在广场上找张椅子坐下来，或者在广场旁两间酒吧之一坐定，两个整天里振笔写下所有他目睹的事情——驶过的巴士，对着他猛拍照的日本游客，穿着绿色雨衣的男人；他注意到路人起码有一只手不闲着，不是拿着提袋、公事包，就是牵着孩子的手，扯着狗链，他甚至眼尖发现某个长得像演员彼德 · 谢勒的人，把他记了下来。10 月 20 日下午两点时记录终止了。记录世界上某个地方发生的所有事情是不可能的，完成后佩雷克自己估量写了六十页长度，大约半小时即可读毕——当然，前提是读者不会花上一两天时间慢慢思量，想象每一个描写的场面。那样的话，我们要讨论的就不是阅读时间，而是幻想时间了。同样的方法，我们可以拿着地图想象远渡重洋，到不知名的陆地或海洋去旅游探险，但这种情况下地图纯属刺激想象的东西，而读者已成为叙述者。每当有人问我最想带上哪本书去

一个荒岛，我总是回答："电话簿，簿子上的人足够我编出数不尽的故事了。"

寻求故事时间、叙事时间和阅读时间的一致性，个中理由也许无关艺术宏旨。慢笔叙事并非永远是高层次艺术的指标。我曾自问人们怎样才能科学地断定某部影片为色情电影。卫道士可能会说，画面中出现清楚的性爱动作细节时，即可归类为色情电影。但在审片时我们发现，某些艺术作品也会出现性爱镜头，有的是出于写实的目的，旨在忠实呈现人生原貌，有的是出于伦理上的原因（纵欲是会遭受谴责的），无论如何整部作品的美学价值会消解少数画面的淫秽感。由于很难确定作者本人是真的关心写实，还是出于诚恳的伦理意图，抑或是为了达到满意的美学效果，我断定（在审查过许多真枪实弹的电影后），一个绝对可靠的规则确实存在。

在评估一部含有清楚性爱镜头的电影时，你应该检查一件事：当角色进入电梯或汽车时，叙事时间和故事时间是否一致。福楼拜只消一句话就表明弗雷德里克旅行了很长一段时间，而一部普通电影的处理手法是，人物在波士顿罗根机场登机，下一个镜头就看到他降落在旧金山机场了。但在色情电影里，一个人上车开了十条街，十条街的旅程都是真实时间。如果他开冰箱拿罐雪碧，打开电视坐在摇椅上喝，其时间长度会和你在家里做同样的事情时一模一样。

理由很简单。色情电影旨在满足观众窥视性爱场面的欲望，但演员精力有限，总不能连续拍上一两个小时的性爱动作——这样连观众也会觉得乏味。因此这些镜头只好分散出现在整部电影里。由于没有人愿意花时间或金钱去为色情影片构思好脚本，观众对故事也不感兴趣，观看时只是等着性爱镜头出现而已。于是故事减省到只剩一些无意义的日常行动，例如去某个地方，喝杯威士忌，穿上外套，谈些琐事，等等；拍场开车的戏比起让主角混迹在米基·斯皮兰的外景现场省事多了（不说别的，单只米基就会让观众分心）。因此，非性爱镜头也得以日常生活所需的真实时间长度出现，而性爱镜头必须比它们在现实中持续更长的时间。这就是我说的规则：电影中两个角色从 A 地到 B 地所花的时间和实际等长时，我们就可以确定这绝对是部色情电影，当然，前提是要有明显的性爱镜头，否则像维姆·文德斯的《公路之王》(1976)，差不多四小时的影片演的就是两个人开着卡车旅行，岂不也成了色情电影？我们当然知道不是这样的。

对话通常被认为是故事时间和叙事时间完全一致的最佳范例。不过这里却有个例外，作者出于和文学完全无关的理由，创造了一段感觉上比真实时间长的对话。大仲马的小说稿酬是按行计算、分册出版的，所以他有时会略动手脚，增加行数，以便多些银子进腰包。在《三剑客》的第十一章里（我们在另一次讲座里还会提到这本书），达达尼昂会见他心爱的康斯坦丝·波拿西鄂，怀疑她不贞，想找出她夜晚逗留在阿拉密斯住处附近的原因。下面是故事进行到这里的部分对话，仅仅是一部分：

> "毫无疑问，阿拉密斯是我最亲近的朋友。"
> "阿拉密斯！他是谁？"
> "少来，你不会告诉我不晓得阿拉密斯是谁吧？"
> "这是我第一次听到他的名字。"
> "这也是你第一次去那个屋子喽？"
> "当然。"

“你不知道一个年轻人住在那里？”

“不知道。”

“不知道是个剑客？”

“完全不知道。”

“那你不是来找他的？”

“绝对不是，难道你没看见和我讲话的是个女人？”

“那倒是，不过这个女人也可能是阿拉密斯的朋友。”

“这我不知情。”

“因为她和他住在一起。”

“这不关我的事。”

“那她是谁？”

“我不会知而不言的。”

“亲爱的波拿西鄂夫人，你很迷人，不过你同时也是最神秘的女人。”

“这样会减损我的魅力吗？”

“不，刚好相反，你令人心慕不已。”

“搀扶我。”

“乐意之至，然后呢？”

“带我走。”

“去哪里？”

“我要去的地方。”

“你要去哪里？”

“你会知道的，因为你会送我到门口。”

“我该等你吗？”

“不用。”

“难道你自己回去？”

“也许是，也许不是。”

“那送你回家的会是男人还是女人？”

“我还不知道。”

“我会知道！”

“你怎么会知道？”

“我会等你出来。”

“如果这样，那就再见了。”

“为什么？”

“我不要你送我。”

“你不是说过需要……”

“绅士的协助，不是间谍的刺探。”

“这个字眼很严重。”

“不顾他人而跟踪之，这种人怎么称呼？”

“他们太轻忽了。”

“这个字眼太轻描淡写了。”

“这么说来，夫人，我想我只有遵从你的意旨了。”

“你为什么马上改变心意？”

“知过必改不也是美事一桩？”

“你真的悔过？”

“我自己无关紧要，我只知道，如果你容许我陪伴你到将要去的地方，我会谨遵所愿。”

“送我到门口就告别？”

“是的。”

“不等我出来？”

“不等。”

“以荣誉起誓？”

“我以绅士的信念起誓。”

“扶着我，让我们出发吧。”[11]

我们当然知道还有其他前言不搭后语的冗长对话，

比如在尤内斯库[*]和康普顿–伯内特夫人[†]的作品里，但在这些情况下，对话的前后不一致是经过设计的，旨在表现一种百无聊赖的感觉。而大仲马此处描写的两人，一个是吃醋的情人，一个是十万火急赶着去见白金汉公爵，再带他去会晤法国皇后的女士，这时不该打情骂俏浪费时间。这不是有意设计的慢笔叙事，倒像是色情电影里那种减速。

不过大仲马不愧是长于减速叙事的高手，其目的在于制造我所说的战栗时刻（trepidation time）——换句话说，就是延迟戏剧性结尾的来临。就这层意义而言，《基督山恩仇记》可谓无出其右者。亚里士多德早有明言，灾难和净化[‡]之前应该有长段高潮迭起的剧情变化。

在约翰·斯特奇斯的经典影片《黑岩喋血记》(1954)里，斯宾塞·特雷西饰演一位举止温和、左臂伤残的二战退伍军人，来到荒僻的小镇寻找一个死去的日本兵的

---

* 尤内斯库（Eugine Ionesco, 1909—1994），法国剧作家，作品《秃头歌女》开启了荒诞派戏剧的潮流。

† 康普顿–伯内特（Ivy Compton-Burnett，1884—1969），英国作家，其小说几乎都以对话体呈现。

‡ 亚里士多德的净化说认为，悲剧可以唤起人的悲悯和畏惧，并使这类情感得到净化（catharsis），从而达到道德上升华的效果。

父亲，结果遭到种族主义恶徒的施暴凌虐。观众对特雷西的痛苦感同身受，渴望他反击而不能，一个小时左右如坐针毡……故事进行到某日，特雷西在一家廉价小餐厅饮酒时，被一个痞子激怒了，这个忍耐功夫到家的人突然操起完好的右臂朝敌人猛地挥出一拳，恶徒被揍得摔出丈外，一路撞开门跌到街道上。这一拳出乎意料，然而是经过漫长的、极端痛苦的凌辱过程酝酿而成的，对观众产生净化心灵的作用，这下终于可以安坐在位子上了。如果他们等的时间不够长，或者他们的“战栗”不那么激烈，净化作用就不会如此深刻了。

意大利的电影院容许观众于放映中随时进场，再留到下一场从头看起。我觉得这是个很好的传统，因为我认为就某方面而言，电影就像人生：我开启我的人生的时候，父母早已出生，荷马的《奥德赛》也早已写就，然后我试着倒回去搞清楚故事的前因后果，就像我读《西尔薇娅》时一样，直到或多或少弄懂了出生前发生的事情。用这种方式来看电影也不错。看《黑岩喋血记》那天晚上，我注意到斯宾塞·特雷西挥出那猛烈的一击后(不是在电影结尾时发生的)，电影院有一半人抽身走了。

他们是在所谓“罪之快感”的场面开始时进场的，留下来看整个酝酿的过程，将爆发那一刻再看一遍才走。由此可见，战栗时刻的效用不仅能抓住天真的第一层次观众的注意力，也能激发第二层次观众的美感享受。

事实上，我不希望你们认为这些技巧不过是大众艺术或通俗文学的雕虫小技，虽然它们在不太复杂的作品中肯定会更突出。我想给你们看一个史诗格局的慢笔叙事的例子，过程长达数百页，只为了让我们准备好迎接那无穷喜乐的一刻，不像色情电影的快感很快就消退于无形。我指的是但丁的《神曲》。我们说到但丁，就得思考甚至认真试着成为他的模范读者——一个中世纪的读者，坚信一个人在世上的朝圣之旅，会在亲睹上帝容颜的那一刻达到至喜至乐的境界。

不过这种读法是将但丁诗篇当做虚构作品，多萝西·塞耶斯*在为她的译本写引言时提出的建议很对，最理想的读法是“从第一句一口气巡到最后一句，完全臣服于那铺陈故事的高超活力与行云流水般的韵文”。不过

---

* 塞耶斯（Dorothy Sayers，1893—1957），英国神秘小说家、中世纪文学学者，晚年致力于翻译但丁《神曲》。

读者必须意识到他们是在跟随文本慢慢探索每一层地狱，通过地心攀上飞檐梯阶直达炼狱山界，继续往上超越人世的天堂，“从地表到乐音若响的天堂表体，超越行星，超越星辰，超越第十层天，进入最高天界，觐见上帝本人”。[12]

这趟旅程无疑是漫无止境的铺排陈述，过程中遇见数百个人物，谈及的话题包括当代政治、宗教理论、生命与死亡，目击苦难、忧郁与欢乐的场面。我们会不断发现自己急欲跳段好让速度加快，但跳读时心里也一直知道诗人在减缓速度，我们几乎想回头等他追上来。这是为什么呢？为了到达那个但丁亲睹时无法言喻的时刻——在那一刻“言语溃散了，被抛在脑后，心智也因而迟钝”。

在那无尽深处我看见
宇宙间纷飞的生命
因为爱而结成一体；
实体、机遇与形态收摄连结，
或说，智慧地融合

我所述仅光束一端而已。[13]

但丁说他无法言喻亲眼所见之事（虽然他表达得无人能及），文中委婉吁请读者在他的“高度幻想消遁于无形”时，运用想象力来填补。他的读者阅后深感满足，因为他们一直等待的，就是与“至高无言”（the Unutterable）面对面的那一刹那。为了经历这种情感，之前漫长的旅程，连同没完没了的慢笔叙事，都是必要的。但这些延迟并没有浪费时间，在我们鹄候那将会化为炫目沉寂的会面时，我们对世界的体会更深长——这毕竟是人生在世所能发生的最美好的事情。

虚构作品延缓叙事，往往是借着对物件、角色或景致的描绘。问题在于这些对故事能起什么作用。我在一篇有关詹姆斯·邦德系列小说的旧文里指出，[14]伊恩·弗莱明常常花费大量笔墨描写高尔夫球赛、赛车、女郎对拿着包普莱尔香烟的水手的遐思乃至昆虫的爬行，等等，可能几页或不过几行之后更戏剧化的事件就要登场，例如攻击诺克斯堡或与食人鲨之间的生死搏斗。我认为这些描述唯一的功能，是说服读者他们正在阅读艺术作品，因为一般人普遍相信高水准与低水准文学作品的差别，在于前者充满大段的细节描绘，后者则直接“切到追杀”。尤其弗莱明精雕细琢的多是读者能参与的活动，像是牌戏、晚宴、土耳其浴等，而对那些读者做梦也不敢想，比如抓着热气球逃出古堡这样的事情，则精简笔墨。慢笔细写读者熟悉的事情，能使读者对邦德产生认同感，梦想和他一样神勇。

弗莱明在无关紧要的事情上放缓速度，到关键时刻又加快节奏，因为在无关紧要的事件上减速具有“罪之快感”的煽动作用，也因为他很清楚读者知道，以兴奋的语气说的故事是最戏剧化的。曼佐尼是19世纪一位不错的浪漫小说作家，虽然年代比弗莱明早许多，但基本上运用近似于弗莱明的策略，他让我们等待每一个事件发生等到心焦，但对不紧要的事绝不浪费唇舌。亚邦迪欧先生神经紧张地用手指抚弄着衣领，心中自问该怎么办，这是17世纪意大利社会在外邦统治下的一种象征。反观之下，女冒险家对着一包香烟遐思则并不能反映我们这个时代的文化（我们只知道她在神思，或者她是个势利眼）。曼佐尼慢笔细写亚邦迪欧先生举棋不定的行为，透露了许多有关意大利的事情，不只是 17 世纪的，也是 20 世纪的。

慢笔叙事的风格在别处还有其他作用。我称之为提示时间（hint time）。圣奥古斯丁*读经时非常深入，对圣经花费这么多笔墨描写无关紧要的衣饰、建筑、香水和珠宝心存疑惑。上帝既是圣经作者的灵感来源，可能浪费那么多时间耽溺于俗世文学吗？当然不会。假如文本中有笔触突然放慢的时刻，那是因为经文试图让我们认清，我们应该以寓言的或象征的方式去诠释那些描述。

请原谅我，我必须再度回到奈瓦尔的《西尔薇娅》。你们应当还记得，在第二章，作者因为失眠追忆了几个小时少年往事，决定当晚启程前往卢瓦西一趟。他不知道当时几点钟了。一个富有、有教养又热爱戏剧的年轻人，难道家中会没有时钟吗？不管你相不相信，他确实没有。或者他也许有一个，但坏掉了。奈瓦尔花了一页篇幅描述这件事：

* 圣奥古斯丁（St. Augustine，354—430），中世纪最重要的基督教思想家之一，引介古典思维入基督教教义，影响深远。

为了使老式公寓沾染一点当地色彩而附随时尚收藏的一些精美古董摆设中，有座经过修复的文艺复兴式玳瑁壳钟，垂着钟摆，精巧夺目，镀金的圆顶由美第奇宫式样的柱子支撑着，上面装饰着时间女神，由半侧转的马匹驼着。神话中的戴安娜斜倚在雄鹿身上，出现的是脸部以下的浮雕，珐琅瓷的钟面数字则展现在镶嵌的背景上。这个作品美丽绝伦，两世纪以来都未受损伤，我在都灵买下时这个钟已经不走了。

这个例子中慢笔叙事的目的不在于放慢情节，或者驱使读者进行有趣的推理散步，而是提示我们准备进入一个正常的时间标准几乎不存在的世界，一个时钟已经损坏或液化的世界，就像达利的那幅画一样。

不过在《西尔薇娅》里我们有时也会迷失。这就是我前次讲座中说过的，每次重读《西尔薇娅》就会忘掉文本里的一切，再一次迷失在时间的迷宫里。奈瓦尔离题五页来写卢梭在阿蒙农维拉废墟上的种种，这样脱离叙事主干当然有助我们更了解故事、那个年代和书中的角色。最重要的是，离题漫游和延缓叙事有助于将读者封闭在时间的森林里，只有在竭尽全力才能逃离（然后又会想再度回到森林）。

我答应过要讲讲《西尔薇娅》的第七章。叙述者在一两个倒叙后来到卢瓦西（我们曾努力想找到倒叙中故事发生的地方），时间是清晨四点。他回卢瓦西显然是在 1838 年某个黄昏，此时已经长大成人，一路上以现在时态描述马车所行之处的景致，突然忆起“就是沿着那条路，有天黄昏西尔薇娅的弟弟追着我跑……”。哪个黄昏？是在卢瓦西第二个派对之前还是之后？我们永远不会知道，我们也不该知道。叙述者转回现在时态，描写当晚的景致，但语气似乎还在讲故事，而那地方又充满美第奇风格，就好像几页前提到的时钟一样。接着他又回到未完成过去时，阿德里安娜出现了——书中第二次，也是最后一次，看起来像舞台上演圣剧的女演员，“她身上的服饰使她仿佛变了一个人，因为她已皈依天主”（她那时已是修女）。此时影像是如此的模糊，叙述者不禁发出了通篇无所不在的疑问：“我回顾这些细节时，有时不禁怀疑这一切究竟是真，还是梦。”接着他又自问，阿德里安娜的幻影和夏丽修道院那些千真万确的幽灵是否一样真实。文章突然又回到现在时，他默想道："也许这是一段着魔的记忆……"马车逐渐驶近真实的卢瓦西，叙述者从幻想的领域解放出来。

唉！这一大段的慢笔叙事什么也没说——至少没说任何跟故事发展有关的事情，只说到时间、记忆和梦境的交融，读者能做的就是被那乍分又合的漩涡卷进去。

文本中另有一种慢笔叙事的方法，一种"浪费"时间的方法，目的在描写空间感。最不精确、最经不起推敲的修辞就是所谓形象描写（hypotyposis）。一个书写的文本怎能使景物如在眼前？我想以此作为这次讲座的一个总结：表现空间印象的方法之一，就是把相对于故事时间的叙事时间和阅读时间拉长。

一直以来最令意大利读者兴味盎然的一个问题，就是为何曼佐尼在《约婚夫妇》一开始花那么多时间描写柯摩湖。我们可以谅解普鲁斯特花三十页的篇幅去描写设法入睡的情形，但为何曼佐尼花了一页多告诉我们，"从前有座湖泊，我打算让故事在此发生"？我们读这段文章时，面前如果有张地图，就可以看出曼佐尼的描述结合了两种电影技巧：变焦和慢动作。别告诉我 19 世纪的作家不懂得什么电影技巧，正相反，电影导演才会从虚构文学里偷招数呢。曼佐尼写得就像他坐在缓缓降落的直升机上取景（或者他正仿照上帝自天堂俯视的角度，想从地表指认出一个人来），这种从高处而降的连续动作，始自一个“地理”角度：

> 柯摩湖一个支流弯向南侧，穿过两座相连的山脊，错落形成一连串河湾和小水湾，直到突然变窄成为滚滚河流，一边是陆岬，另一边是一大片河岸地。

接下来的视野放弃地理角度，慢慢转变成“地形”角度，这时你开始分辨得出桥与河岸：

> 连接两岸的桥使得变化更加清楚，标示着湖的止境。阿达河出现了——虽然再下去它仍然以湖为名，湖岸分离，湖水直奔而下冲刷出更多河湾与小水湾。

地理和地形视野都是从北到南，循着河道而走；描述也从广角转到窄角，从湖到河又到溪流，从山顶到斜坡最后到小山谷。在这过程中，“电影”则朝不同方向开始移动，这次不是从地理下降到地形，而是从深度到宽度。这时看到山峦的轮廓，视角转变，好像最后终于是一个人在看这些景致了：

> 河岸土地由三条不小的溪流冲刷淤泥而成，加上两座会合的山，一座名唤圣马丁山，一座名字听起来很伦巴第，叫做雷西岗，因为其天际线上凸起着许多小山峰，看起来像把锯子，这使得雷西岗成为连绵山岭中最醒目的，连从没见过的人也能一眼认出——假如他从能望见全长的角度看过去，例如从米兰的城墙北望。其他的山则名不见经传，也无突出形势。

书写既然有了人的角度，我们身为读者就可以辨明每一条路的最细微末节了。我要进一步指出：我们会有触觉上的真实感受，好像正行走在那些鹅卵石上。

> 从水缘向上延伸的斜坡很平顺，久久不断，最后夷为土堆和沟渠，梯道和陡坡……斜坡最边缘的土地顺水势而走，地面满是沙砾和鹅卵石，但其余地区就是野地和葡萄园，其上散落着小镇、宅院和村庄。也有一些林野，一直向上延伸到山区。雷柯是其中最大的村镇，整个地区就以之为名。

曼佐尼在这里做了另一个选择：他穿越地形到了历史的层面，开始告诉我们雷柯镇的种种；接着又从集体历史转到亚邦迪欧先生的个人历史上，我们终于见到了“沿着其中一条小径前进”的亚邦迪欧先生，正举步迈向与那些恶棍相遇的命定之途。[15]

曼佐尼先采用了上帝——伟大的地理学家——的视角开始叙述，逐步转换到居住在这片景致里的人类的视角。不过我们不应被他貌似放弃上帝视角这一点所迷惑。在小说结尾（如果不是之前），我们意识到我们读的不仅仅是某些可怜人的故事，而是一部指引、修正、拯救并且解疑的天道的故事。《约婚夫妇》的开场不是自我耽溺的文学演练，而是帮助读者做好准备，以便去阅读一本主人公从高处看待世道人心的书。

我说过，我们阅读开场段落时可以先看地理图再看地形图，其实这没有必要。如果读法得当，你会发现曼佐尼就在设计一张地图；他在设置一个空间。曼佐尼以他的创造者的眼光观看世界，并和造物主竞争：他取法现实世界，建构他的虚构世界。

而这个过程——我现在要通过一个提前叙述告诉你们——就是我们下一次重点讲述的内容。

4　可能的森林

Possible Woods

很久很久以前有位……“国王”！我温文尔雅的听众会立刻这样反应。没错，这次你猜对了。很久很久以前有位伊曼纽三世，他是意大利历史上最后一位国王，战后遭到了放逐。这位国王致力于财经和国防建设，不以人文素养乎众，虽然他也是一位热心的古币收藏家。这个故事讲的是某日国王应邀主持画展开幕，他信步走到一幅美丽的风景画前，画面上展现幽静的山谷斜坡上错落有致的村庄房舍。他注视着小小的彩绘村庄良久，然后转向画展的主人问：“这里面住了多少人？”

阅读小说的基本法则，是读者必须心照不宣地接受一个虚构约定，即柯勒律治所谓的“悬置怀疑”(suspension of disbelief)。读者必须了解书中所述是个想象的故事，但不可因此认定作者在说谎。约翰·塞尔

(John Searle) 说，作者只是在假装说实话。[1] 我们接受虚构约定，然后假装书中所述都曾真的发生过。

我写过几本小说，拥有数百万读者，因而了解到某种特殊现象：前几万册（数字因国家而不同）的读者熟悉这个虚构约定，但当发行量达到一百万册之后，你就像进入无人之境，不再能确定读者是否知道此约定。

在我的小说《傅科摆》第 115 章里，有位名唤卡绍邦的角色，他在 1984 年 6 月 23 与 24 日之交的夜晚，参加完巴黎工艺美术学院的秘教仪式后，一个人着魔般走过整条圣马丁街，穿过乌尔斯街，途经博堡中心，抵达圣美利教堂。之后他又继续走了几条街，每条街书中都有名字，最后到达孚日广场。为了写这一章，我在几个不同的夜晚走相同的路线，带着录音机，沿途录下所见所闻与感想。

我有个电脑程序，可以告诉我任何年月的任何时间，在任何经纬度下天空的样子。我甚至花时间查了当晚是否有月亮，和不同时间里月亮在天空中的位置。我这么做不是效颦左拉的写实主义，而是喜欢叙述时景物如在眼前，这样有助于我熟悉书中所述之事，进入人物内心。

小说出版后我接到了一位读者的来信，他显然去国家图书馆翻阅过 1984 年 6 月 24 日当天所有的报纸，发现雷奥米尔街（我书中未提及这条街，但圣马丁街某段确实与此街相交）转角处午夜过后，大约在卡绍邦走过时曾发生火灾——如果连报纸都报道了，火势应该还不小。这位读者问我，为什么卡绍邦没有注意到？

我以自我消遣的方式回答这位读者，说卡绍邦可能目睹火灾发生，但因为某个连我也不知道的神秘理由，他略而未提——由于故事本身充满似真似幻的神秘事件，这应该是个很合理的解释。我觉得这位读者仍在试图找出卡绍邦不提火灾的真正理由，他可能怀疑这是圣殿骑士团的又一个阴谋。

这位读者虽然有些偏执，但也并非全无道理。我引导他相信故事发生在“真实的”巴黎，连日期也清清楚楚。如果我在那段详细的描述中写道，学院旁边矗立着高迪的圣家堂，读者有理由不悦，因为我们身处巴黎而非巴塞罗那。但是读者有权利去找一场当晚确实在巴黎发生，而我书中没提及的火灾吗？

我仍然主张，读者假定虚构故事要与现实世界完全吻合是过于夸张的，不过问题并不这么单纯。在下结论之前，我们先来看一下伊曼纽三世的罪过。

我们步入小说林的时候，就与作者立下了一个虚构约定。我们也准备接受比如狼会开口说话这种事。当小红帽被大灰狼一口吞下时，我们会认定她死了（这个信念很重要，因为小红帽一旦复活会使读者加倍兴奋）。我们心目中的大灰狼全身长毛、耳朵尖尖，和我们在真实森林中看到的差不多，而小红帽的举动也和一般小女孩无异，她的母亲也像一般大人一样担着心事，有责任感，这样想顺理成章。为什么？因为在我们的经验世界里就是这么回事，无需多少本体论式的论证，我们且称这个世界为现实世界（actual world）。

这些话道理很浅显，但如果以悬置怀疑的理论来检视就不尽然了。阅读一部小说作品时，我们会悬置对一些事情的怀疑，而对另一些则不会。既然我们该相信与不该相信的东西之间界限如此暧昧不明（我们下面会看到的），我们又怎能谴责可怜的老伊曼纽国王呢？如果他只应该欣赏画作的美学成分（色彩、透视等），那么问村庄有多少居民显然是不对的。但如果他像进入小说林一样，想象自己在画中的山坡上漫步，他难道不可以自问，他会碰到谁，会不会找到一家安静的小酒馆？考虑到那幅画很可能是写实风格的，他为什么要认为那村庄无人居住，或者被洛夫克拉夫特笔下的梦魇所肆虐呢？这就是每个虚构作品的吸引力所在，不管是文字的还是画面的。这样一部作品将我们封锁在它那个世界的疆域里，并用不同的方式指引我们当真视之。

在上一讲的最后，我们提及曼佐尼借着描写柯摩湖建构了一个世界，不过假借了现实世界的地理特点。你可能认为这种事只发生在历史小说里，其实不然，它也发生在寓言故事里，只是真实与虚构间的比例不同而已。

> 格里高尔·萨姆沙早上自扰人的梦中醒来，发现自己在床上变成一只巨大的虫子。

就一个具有高度想象力的故事而言，这个开场写得很好！我们读后不是采取相信的态度，就是把整本《变形记》抛得远远的。不过我们先接着读下去：

> 他仰躺在坚硬的、似镶了钢板的背壳上，略抬起头时只见圆球状的棕黄色肚腹，上面划着深深的弧形格纹，原本盖着的被子撑不住已快滑落了。和身体比起来细弱可怜的、数不清的腿，正在他眼前绝望地挥动着。

这段叙述似乎加深了事件的不可信，但也将不可信的程度降低到了可接受的程度。一个人早晨醒来发现自己变成昆虫固然可惊，但果真发生这种事，这只昆虫必然具备普通虫子的特征。卡夫卡这几句话是典型的写实主义，不是超现实主义。我们要假装相信这是只正常的昆虫，不过“体型巨大”而已，以虚构约定来说，这要求确实是有点离谱。另一方面，连格里高尔都不敢相信自己的眼睛：“我是怎么了？”他自问。我们处在这种状况中也会这样问自己。现在请继续读下去，接下来的追述绝非想象，而是道地的写实：

> 这不是梦。他的房间是个普通的人类卧室，只是太小了些，静静躺在熟悉的四壁间。[2]

接下来的描述显示卧室和我们常见的没什么两样，荒谬的是格里高尔的父母和妹妹内心没有产生多少疑虑就接受了亲人变成一只虫子的事实，但他们对怪兽的反应和现实世界的居民无异：恐惧、嫌恶、震惊。简言之，卡夫卡需要将他那恍惚不真的故事安置在一个恍惚似真的背景里，如果格里高尔在卧室里发现一只会说话的狼，两人决定一起去参加疯帽子*的茶会，就会产生另一个故事了（虽然这个故事也有现实世界的各种现象做背景）。

不过让我们试着想象一个比卡夫卡更恍惚不真的世界。艾勃特（Edwin Abbott）的小说《平面国：多维空间演义》（*Flatland: A Romance of Many Dimensions*）就想象出这么个世界，在第一章《平面国的特性》中，他通过书中人物的叙述告诉我们这个世界的模样：[3]

> 想象在一张硕大无比的纸上，直线、三角形、四角形、五角形、六角形和其他形状，不固定在某个位置上，而是自由在表层上面或表层里面移动，

* 疯帽子（Mad Hatter），刘易斯·卡罗尔《爱丽丝梦游仙境》中的人物，在茶会上与爱丽丝相遇。

但又无力飞升而起或降到下面，很像影子但又是实体，而且边缘发光，你就领会到我的世界和居民的正确模样。

如果从上往下看这个二维空间的世界，正如我们在几何书里看欧几里得的图形，我们就能认出平面国的居民。但对这些居民而言，“上面”这个观念并不存在，这是三维空间里才有的概念，因此平面国居民无法靠目视认人：

这些形状我们一概看不见，连图形也无法分辨。我们全部看不见，也不可能看得见，只有直线除外。

以免读者认为这种情况不可能存在，艾勃特机敏地指出，我们在现实生活里也可能有这种经验：

我在空间国（Spaceland）时也曾听闻，你们的海员横渡大海、眺望遥远的岛屿和地平线上的陆地时也有很类似的经验。尽头的陆地有海湾，有岬岸和迂回曲折的海岸线，但从远处看这些都不存在……极目所见只有水面上绵延的一条灰线。

通过与现实世界里有可能发生的情况进行类比，艾勃特从明显不可能的事情当中推衍出可能的状况。对平面国居民而言，形状不同意味着性别或阶级的不同，因此他们必须懂得分辨三角形和五角形。艾勃特聪明绝顶，发展出一套下层阶级通过声音和触感辨识其他阶级的方法（第五章：《辨识彼此的方法》），上层阶级则靠视线辨识，同时感谢那个世界里的神意，地表永远笼罩着一层雾。这里一如奈瓦尔的著作，雾扮演着重要的角色——不同的是，在这里它不是叙事话语的效果，而是故事里“真实”的特征：

如果雾不存在，所有线条都会均等现形，也都分辨不清楚……但幸好每当大雾时，三尺外的物体就比两尺十一寸外的模糊。结果是经年在昏茫与清晰间仔细体验观察，我们得以准确无比地识别出观察对象的轮廓（第六章：《视力识别》）。

为使辩理愈明，艾勃特以准确的几何计算展示了各种各样的规则形状。比如，他解释说，我们在平面国遇见一个三角形时，顶端的角自然最清晰可见，因为距离我们最近，两边的线条则渐次溶入雾中，越往后越模糊。我们得运用我们在现实世界所学得的几何知识，来使这个虚幻的世界成为可能。

我们可以说，艾勃特所创造的世界尽管子虚乌有，在几何上或感知上则是可能存在的——正如在现实世界里，物种演化过程中的某个意外导致狼具有发声器官和智力，可以开口说话，这一样是可能的。

但正如评论指出的，还存在一种所谓“自我否定”（self-voiding）的小说——小说文本本身即证明其不可能性。多勒策尔（Lubomir Dolezel）有篇精辟的论文，讲述在《平面国》这样的虚构世界中，作者借用“常规识别程序”，让具有可能性的实体拥有虚构的存在，而“这种存在的状态则故意模糊化，因为这种识别机制的基础是被破坏了的”。多勒策尔引述罗伯-格里耶的《幽会之屋》（*La Maison de rendez-vous*）为例，指出书中世界之不可能，因为“（一）同一件事以几种抵触的说法来呈现；（二）同一个地方（如香港）既是也不是小说的发生地；（三）事件以矛盾的时间顺序排列（A 事件之后是 B 事件，B 事件之后是 A 事件）；（四）同一个虚构实体以几种存在模式复现（如虚构的'现实'、戏剧表演、雕塑或绘画等）"。[4]

部分作者[5]认为，自我否定的小说的一个很好的视觉隐喻，就是附图 11 中这个著名的视觉幻象。第一次"阅读"时，你会觉得它是个连贯的整体，又隐约感到哪里不对劲；第二次阅读时（要想正确地阅读它，需要自己画一遍），则会意识到为何它在二维空间里有可能，在三维空间里却是荒谬的。

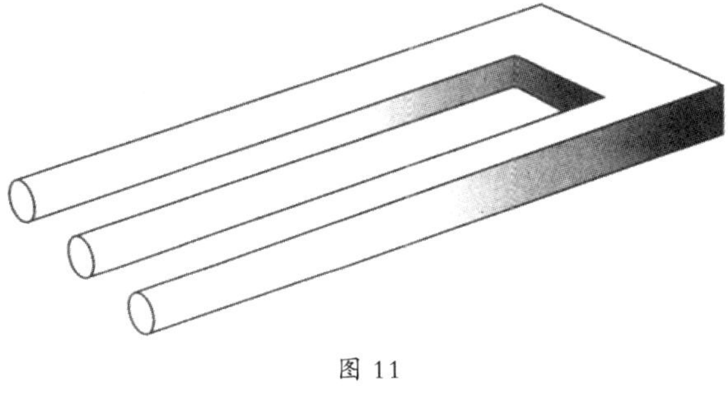

图 11

即使在这个例子里，附图 11 的不可能性也只是建立在我们倾向于认为，这个世界的空间法则应该符合我们真实世界的立体几何定理。很显然，如果那些定理成立，这个图形是不可能存在的。但事实上，它在几何学上并非不可能，其证明就是它可以在二维平面上画出来。我们之所以会被误导，是因为我们不止运用了平面几何的原理，也运用了三维空间物体的透视法则。如果我们不把阴影部分当做三维结构里的影子，这个图象不仅在平面国里可能，在我们自己的世界里也有可能。我们必须承认，为了达到被即使是最不可能存在的世界所感动、困惑、惊吓或触动的目的，我们得仰赖在现实世界里所获得的知识，换句话说，就是以现实世界为蓝本。

这意味着虚构世界是现实世界的寄生者。并没有原则规定一部作品可以容纳的虚构元素的数量，事实上，它的种类极多——举例来说，寓言这种形式引导我们逐步接受并修正来自现实世界的知识。但文本当中没有指明的，也没有明确描述成跟现实世界大相径庭的每样事物，都应被理解为是符合现实世界的法则和状况的。

在先前的讲座里我引述了两段有关马和马车的故事，

第一段是坎帕尼莱的，我们笑是因为主人翁葛第昂要马车夫第二天来接他，特地指出他应该带上马车，还不忘叮嘱“别忘了带马来”！我们笑是因为即使他不叮嘱，事实明摆在那儿，马儿必须来。《西尔薇娅》中出现了另一辆马车，夜幕低垂时载着我们的叙述者驶向卢瓦西。如果你细读描写旅程的那几页（这点你可以信任我），就会注意到从头到尾没提到马。这么说来，这匹马在《西尔薇娅》中不存在，因为文本没提到？但它确实存在。阅读时你会想象这匹马在夜色中疾走，颠簸擦撞到马车，叙述者就在这些轻微的碰撞之下，如听摇篮曲般开始再度做梦。

不过让我们假设一下，我们不是想象力丰富的读者：我们阅读奈瓦尔，却没想到书中有马。再试想，叙述者抵达卢瓦西时告诉我们：“踏出马车我才发现，一路从巴黎颠簸到这里，车竟没有马拉着。”敏感的读者无疑会立刻翻到前面，重头读起，因为他们已完全融入故事中，书中情感如此细腻又难以捉摸，洋溢着美妙的浪漫情感，可如此一来，他们读的岂不是哥特小说？也或许他们读的是灰姑娘的浪漫变奏版，马车实际上是由老鼠拉的。

总之，《西尔薇娅》中是有匹马，以无需提及的方式存在，但你不能说没有马。

斯托特[*]的侦探小说以纽约市为背景，他的读者乐意假装书中名唤尼洛·沃尔夫、阿奇·古德温、费利兹、索尔·潘策尔的人物确实存在，甚至同意沃尔夫住在西三十五街一栋邻近哈德逊河的褐石公寓里，读者可以跑到纽约看看房子是否真的存在，或者斯托特写故事的那段时间里是否真的有这栋房子。当然他们通常没有付诸行动。我说“通常”，是因为我们都知道有人跑到贝克街寻找福尔摩斯的住所，我自己碰巧也曾远赴都柏林寻觅据说利奥波德·布鲁姆卜居过的艾克勒斯街。这些只是文学迷的小插曲，令人愉快的活动，有时也很动人，但与文本阅读无关。做一个懂得阅读乔伊斯的好读者，不必千里迢迢跑去利费河岸庆祝布鲁姆节。

我们虽然可以接受沃尔夫的房子在一处从来不曾存在的地方，但我们不能接受古德温在第五大道招呼一辆

* 斯托特（Rex Stout，1886—1975），美国作家，以沃尔夫为主角写了四十六部侦探小说。

出租车到亚历山大广场去，因为德布林*已经告诉我们，亚历山大广场在柏林。如果阿奇要离开尼洛·沃尔夫在西三十五街的家，转过街角发现自己置身于华尔街，我们就该相信斯托特是跨越到了另一种虚构文体，想要给我们一个类似卡夫卡在《审判》里所呈现的世界，其中K在城市的某处走进一栋建筑，却从位于另一处的建筑里走出来。不过在阅读卡夫卡时，我们需要了解我们是游走在非欧几里得的世界里，这个世界会移动且具有弹性，好像我们住在硕大无比的嚼过的口香糖里。

如此说来，读者必须了解现实世界的诸多事情，以之作为虚构世界的正确背景资料。这里我们又面临一个困境。一方面，一个虚构世界至多告诉我们几个人物的故事，通常在一个明确的时空里，可被视为比现实世界狭窄得多的小世界。另一方面，虚构世界添加了新的人物、特性与事件到这一整个真实的宇宙（作为虚构世界的背景），因此又可被视为比我们经历的世界要广大得多的天地。援此观点，一个虚构的宇宙并不因故事结束而

---

* 德布林（Bruno Alfred Döblin，1878—1957），德国表现主义派小说家。

终结，反而无限期地延伸。

事实上，小说世界确实是现实世界的寄生者，但这些“小世界”囊括了我们对现实世界的大部分认知，容许我们集中心力在一个有限的、封闭的，与我们的世界极相似，但在本体论意义上又贫乏许多的世界里。我们不能步出其疆域，只能在其内部深度探索。正因为此，《西尔薇娅》才魅力无穷。它要求我们知道并且假装知道巴黎和瓦卢瓦，知道卢梭和美第奇家族，因为书中提到了它们；但它要我们一遍又一遍漫步在那封闭的世界里，完全不去关心其余的现实世界。阅读《西尔薇娅》时我们不能否认有匹马存在，但是没有必要知道马的细节。相反地，我们必须一遍又一遍深思卢瓦西的森林。

在很久以前发表的一篇论文中，我写到我们对于连·索莱尔（司汤达《红与黑》的主角）的认识比对我们自己的父亲还深。[6] 我们经常忽略父亲的种种行为，诸如他讳莫如深的想法，未加解释的举动，没有表达的情感，隐藏在心中的秘密，童年的记忆与事件等，但我们却知道关于于连的每一件应该知道的事情。我写那篇文章时，父亲尚在世，那时我才意识到自己多想更了解父亲一些，可惜只有从褪色的记忆中去捕捉蛛丝马迹。司汤达至少告诉了我所有于连·索莱尔的事情，以及阅读这本小说所需要知道的他那一代人的种种。我不得而知的，比如他喜欢他的第一个玩具吗，或（如普鲁斯特所言）他在床上翻来覆去等着妈妈的晚安吻吗，则纯属细枝末节。

（顺便一提，有时叙述者说得太多，就连跟故事进程不相干的都说了。我在第一次讲座开始时，略带嘲讽地提到可怜的因韦尔尼齐奥写过在都灵火车站“两辆过站不停的车在错车，一辆正要离站，一辆正要进站”，文字可笑地冗赘，但继而一想，又不得不承认这个讯息不见得多余。何处是到站之后不立刻离站的地方？当然是终点站。因韦尔尼齐奥隐约告诉我们都灵火车站是个终点站，事实上现在依然是。我们会认为她的表述若不是犯了行文冗赘的毛病，至少也是无用的叙事，因为这个细节对故事发展并无必要，接下来的事件发展与都灵火车站的属性无关。）

我在讲座开始时说到某位读者查阅过巴黎的报纸，发现一桩我书中没提及的火灾，他不愿接受虚构世界有一套比现实世界更节制的作风。现在让我告诉你们另一个有关 1984 年 6 月那个夜晚的故事。

两位巴黎艺术学校的学生最近给我看了一本相册，里面是他们重建的卡绍邦当晚行经的整个路线，每一处书中提及的地方都在夜晚相同时间拍照建档。小说文本详细形容了卡绍邦从排水沟钻出来，穿过地窖进入一间东方风味的酒吧，里面人声鼎沸、汗味交织的情景，到处是啤酒桶和痰液。他们找到酒吧，也拍了照。不用说，酒吧其实是我杜撰的，根据的是那个地区众多类似的酒吧，但两位学生找到的无疑是我书中形容的酒吧。他们并不是把经验读者关心的事，即查证我的小说描写的是否是真的巴黎，强加在他们身为模范读者履行的任务之上。相反地，他们是想把“真实的”巴黎转化到我书中一处地方，而从在巴黎所能找到的所有事物中，他们只选择了那些能与我的描述相符合的方面。

他们利用一部小说来给予那个无形无垠的宇宙（即真实的巴黎）以形式。他们所做的与佩雷克恰恰相反，后者试着重现两天时间内在圣叙尔比斯广场发生的所有事情。巴黎比佩雷克笔下的现场和我书中所述都复杂许多。不过在小说林中行走与孩童游戏有相同的功用。孩子们玩玩偶、玩具马或风筝，目的是熟悉大世界的自然法则和未来有一天他们也会从事的行为。同样的，阅读小说也意味着玩一场游戏，通过游戏我们为现实世界中发生过的、正在发生的和即将发生的无穷的事物赋予了一层意义。通过阅读叙事文章，我们避开了对这个世界说真话时会袭上心头的焦虑。

这是叙事文章的慰藉功能——也就是人类说故事，从开天辟地起就说故事的理由。神话最高的用意，也就是在人类经历的动乱之中寻找到一个形态、一个形式。

不过，情况也并非如此单纯。截至目前，我的谈话中总有"真实"（Truth）的幽灵出没，而你必须承认这个想法并非轻松就能接受。在现实世界中，当我们说这是"真的"（true），总自认为很清楚它的意思。今天真的是星期三，亚历山大广场真的在柏林，拿破仑真的死于 1821 年 5 月 5 日。在这个真实观念的基础上，学者们广泛讨论在虚构的框架下宣称是"真实的"是什么意思。最合理的答案是，虚构陈述在所述故事的可能世界的框架下是真实的。我们假定，如果说哈姆雷特是这个世界上真实存在的人，这就是不真实的。这样说吧，比如我们在为一位主修英国文学的大学生打学期论文的分数，这个可恶的学生竟然白纸黑字写道，在悲剧的结尾哈姆雷特娶了奥菲莉亚为妻，我打赌每个头脑正常的老师都会说这个学生所写的是不真实的。这个陈述在虚构的哈姆雷特的世界里是不真实的，正如在《飘》的虚构世界里郝思嘉嫁给白瑞德是真实的。

我们确定在现实世界里对真实的观念也一样强烈并且清晰吗？

我们认为我们往往是通过经验来认识现实世界；根据经验，我们知道今天是1993年4月14日星期三，此刻我正打着一个蓝色领结。事实上，我们是在格里高利历（Gregorian Calendar，即公历）的框架下说今天是1993年4月14日星期三，领结的蓝色也是根据西方人的色谱而定（众所周知，拉丁和希腊文化中绿与蓝的分界不同于我们文化中的）。在哈佛大学，我们可以向韦拉·蒯因*请教我们对真实的观念在多大程度上取决于哲

* 蒯因（Willard Van Orman Quine，1908—2000），美国哲学家，20世纪最重要的哲学家之一，著有《语词和对象》、《本体论的相对性》等。

学整体论的前提，向纳尔逊·古德曼（Nelson Goodman）请教世界起源的多元论，向托马斯·库恩（Thomas Kuhn）请教既有科学范式中的真实观念。我希望他们承认，郝思嘉嫁给白瑞德这件事只有在《飘》的话语世界中是真实的，正如我戴的蓝领结只有在特定的色彩学（Farbenlehre）的话语世界中才是真实的。

我不想扮演形而上的怀疑论者角色，也不想扮演唯我论者（据说这个世界唯我论者人口众多）。我明白有些事情我们是通过直接经验得知的，如果现在你们中有人告诉我，有只犰狳出现在我身后，我会立刻转身验证这句话的真实性。我们应该都同意这个房间内不会有犰狳出现（假设我们对社会普遍接受的动物分类学没有异议的话）。不过我们在真实与虚假间的彷徨挣扎通常比这个复杂许多。我们现在知道这个房间里没有犰狳，但在未来几个小时或几天内这个事实就比较会引起争议了。举例来说，我的这些讲稿结集发表时，想必读者会接受1993 年 4 月 14 日房间里没有犰狳的说法，而他们这么认为不是根据自身经验，而是相信我是个实事求是的人，正确报道了 1993 年 4 月 14 日这个房间里的情形。

我们相信，就现实世界而言，真实是最重要的衡量基准，但对于小说所描述的世界，我们则倾向于以信任的态度接受其所述。然而，即便在现实世界里，信任的原则和真实的原则也同等重要。

我无法根据经验得知拿破仑死于1821年。尤有甚者，如果只能依靠经验，我根本连拿破仑是否存在过都不敢说（事实上，有人写过一本书宣称拿破仑是太阳系的神话传说）。单从经验，我无法得知有个城市叫做香港，也不能知道第一颗原子弹是因核裂变而非聚变作用而爆炸，我真的不知道原子核聚变是怎么回事。希拉里·普特南*曾说过“语言学上的分工”对应着社会的知识分工：我对现实世界的知识十分之九来自他人，十分之一才是自己的。[7] 我在两个月后要去香港，买机票时很确定飞机会降落在一个叫做香港的地方，因此我可以在现实世界里泰然自处，不需要整天神经兮兮的。我在许多事情上意识到，自己已经习惯信任他人的知识。我将怀疑局限在某些专业的知识领域内，其余则信任百科全书。所谓“百

* 普特南（Hilary Putnam，1926—2016），美国当代著名哲学家、数学家、逻辑学家和语言学家，60年代分析哲学的重要人物。

科全书”我指的是知识的整体，我只知晓其中一部分，但能随时参考，因为它就像一座收藏所有书籍与百科全书的巨大图书馆——所有世纪的文件与手稿档案，包括古代埃及的象形文字以及楔形文字的铭文等都在其内。

经验，以及我自己基于对人类社会的信任所做的无数决定，使我相信“整体百科全书”所描述的（经常以互相矛盾的方式），就是我所谓“现实世界”的一个令人满意的形象。换句话说，我们接受现实世界的方式，与我们接受虚构世界的方式并无二致。我假装相信郝思嘉嫁给白瑞德，就像我假装相信拿破仑娶了约瑟芬是我的个人经验一样。很显然，其中分野在于信任的程度：我赋予玛格丽特·米切尔*的信任与我赋予历史学家的不同。我只有在阅读寓言故事时才接受狼会开口说话，其余时间里我认为这些狼恰如最近举行的国际动物学会会议所描述的那样。这里不讨论我对动物学会的信任多于佩劳特的理由，理由当然有，而且很堂皇，但说这些理由很堂皇并不意味着能清楚地详加说明。相反地，我相信历

* 米切尔（Margaret Mitchell，1900—1949），美国小说家，《飘》的作者。

史学家说拿破仑死于 1821 年的理由，比我确定郝思嘉嫁给白瑞德的理由复杂得多。

在《三剑客》里我们读到白金汉公爵被他手下名唤费尔顿的军官所刺杀，我知道这是史实；而在《二十年后》中我们读到阿托斯刺杀米拉迪的儿子莫尔丹，这是虚构的事实。只要任何一本《二十年后》存在世上，阿托斯刺杀莫尔丹都会是无可否认的事实——即使将来有人发明一种“后后结构主义”的阅读法。相形之下，如果未来碰巧有位大英档案局的研究员证明此前所有已知的文件都是伪造的，一位严谨的历史学家就得随时提出白金汉公爵是被另一人所杀的证据。若果真如此，我们会说费尔顿刺杀白金汉并非历史事实，但这件事在虚构故事里仍然是真实的。

撇开诸多重要的美学理由不谈，我认为我们之所以阅读小说，在于小说给了我们一种生活在真实观念毋庸置疑的世界里的愉悦感受，而现实世界则诡谲得多。虚构世界里的这种“真理特权”（alethic privilege）也给予我们一些尺度，来挑战那些对文学文本的牵强诠释。

《小红帽》有过各种各样的解读，人类学的、心理学的、神话学的、女性主义的，不一而足，部分原因是故事有几个不同的版本，格林兄弟的故事内容和佩劳特的就有出入，所以出现炼金术的诠释角度也就不足为怪了。曾有一位意大利学者试图证明这个寓言与矿石的提炼有关，他将寓言解析成化学公式，得出小红帽为朱砂，一种和她的红帽子一样红的硫化汞。循此理论，她的孩童本性中含有质地纯净的汞，必须和硫分解开。汞性质活跃易流动，难怪小红帽的母亲要谆谆告诫她别四处乱逛。大灰狼象征氯化亚汞，就是一般所知的甘汞（calomel，希腊文意为美丽的黑色）。狼的胃就成了炼金炉，朱砂在里面提炼成汞。皮珊堤（Valentina Pisanty）对此诠释的简单评论是：如果故事结尾小红帽不再是朱砂而是质地纯净的汞，那为什么她从大灰狼的肚腹脱身而出时还戴着小红帽？没有任何一个寓言版本说明小红帽出来时戴着银色帽子，因此寓言本身并不支持这个诠释。[8]

你可以从文本中推断出它没有明确说出的东西——读者的合作即建立在这个原则上——但你不能强迫文本推翻它已经说出的东西。我们不能忽略故事结尾小红帽仍然戴着红帽子，正是这个文本事实使模范读者幸免于不情不愿地去了解朱砂的化学公式。

我们在现实世界里谈及真相时，也能同样笃定吗？我们确定房间里没有犰狳，和我们确定郝思嘉嫁给了白瑞德，程度是一样的。但许多其他的事实我们就必须仰赖消息提供者的信誉，或者有时是不良信誉了。就认识论而言，我们不能确定美国人登陆月球（但能确定高登*到达了蒙戈星球）。此刻且让我们采取极端的怀疑态度（且带点偏执地）假设：一小撮阴谋分子（例如来自五角大楼、各个电视频道的人）联手扯了个弥天大谎。我们——我是指所有其他电视观众——对那些拍摄太空人登陆月球的影像都深信不疑。

不过，我依然有充分理由相信美国人确实登陆了月球，因为俄国人既没抗议，也没指控是个骗局。他们有能力拆穿骗局，也有充分的理由这么做，但他们没有。我信任他们，因此坚信美国人登陆了月球。为了区别现实世界的真假虚实，我必须对我信任的社会群体做一些艰难的判断。此外，我必须决定整体百科全书中哪些部

---

* 高登（Flash Gordon），漫画人物。

分值得信任，并拒绝其他不可靠的。

这样看起来，处理虚构的真实似乎比较简单。其实，虚构世界也可能像现实世界一样诡谲。如果只需和虚构的实体与事件打交道，那自然是个十分舒适的环境，比如说，郝思嘉住在塔拉庄园这件事比起美国人登陆月球就好查证许多，不会让人为她感到焦虑。

但我们已经确认过，每个虚构世界都寄生于现实世界，以现实世界为背景。我们可以跳过第一个问题——当读者将关于现实世界的错误信息带进虚构世界时怎么办？我们的结论是，这样的读者行为不符合模范读者，后果应由个人经验承担。如果阅读《战争与和平》时错将 19 世纪的俄国当成由共产党统治，他或她就很难理解娜塔莎和皮埃尔·别祖霍夫的故事。

我前面提过，模范读者的轮廓是在文本内就勾勒好的，托尔斯泰显然不认为他有义务告知读者，博罗季诺战役不是由红军打的，不过文中充分提供给读者那个时期沙皇治下的政治社会状况。别忘了全书一开始是冗长的法文对话，这告诉了读者许多关于 19 世纪初叶俄国贵族的情况。

事实上，作者不仅应将现实世界作为写作时的蓝本，同时也应不断介入，告诉读者他们也许不知道的现实世界林林总总。

假设斯托特在他的某部小说中让阿奇拦下一部出租车，吩咐开到第四街与第十街的交叉口。我们假定斯托特的读者分为不熟悉纽约与熟悉纽约这两种。且先别理会前面一种——这种人不加思索生吞活剥所有事情（美国侦探小说翻译成意大利文时，所有“上城”、“下城”总是千篇一律翻译成“高城”、“低城”，所以大多数的意大利读者认为美国城市都像第比利斯、贝加莫或布达佩斯一样，一半在山坡上，一半在平原上，或沿河而建）。不过美国读者总知道纽约市就像世界地图那样，街（street）都是平行的纬线，而大道（avenue）为经线与之交叉。听到要去两条街的交叉口，人们的反应难免会像那位听到假想中的奈瓦尔说马车不是马拉的读者一样。其实，在纽约西村某处，第四街和第十街确实有交会，所有纽约人都知道，只有出租车司机不知道。我相信如果斯托特真要写这一段，他会说明这一点（譬如加句打趣的话），解释两街交会的理由，以免来自旧金山、罗马或马德里的读者不明就里，以为斯托特是在开玩笑。

他这么做的理由和沃尔特·司各特写《劫后英雄传》(*Ivanhoe*) 开场时的想法一致：

> 邓河流经英格兰这片欣欣向荣的乐土，古时这里覆盖着一片原始森林，绵延在美丽的山坡上和河谷边，静静地躺在雪菲德和宜人的唐卡斯特镇间。

在提供了其他历史上的细节后，他继续写道：

> 我想这些状况是必须提示一般读者知道的信息。

司各特不仅企图就小说内容和事件与读者达成某种共识，也想提供一些他不确定读者是否知道的现实世界的信息，而这些是他认为在理解故事时不可或缺的。他的读者因此应该假装相信虚构的信息是真的，并接受作者提供的附加信息，认为其在现实世界中也是真的。

有时，信息是以暗示省略 (preterition) 这种修辞手段传达给我们的。华盛顿·欧文[*]在《李伯大梦》(*Rip Van Winkle*）一开始时写道：“任何人溯水而上哈德逊河，一定记得卡兹其尔山……”但我不相信这本书只是写给那些溯河而上看过卡兹其尔山的人读的，我就是那些不曾溯河而上但假装去过、假装看过群山而且喜爱阅读该书的读者的最佳代表。不过我并未彻底悬置怀疑，我知道李伯并不存在，但我不仅相信也认定溯哈德逊河而上真的有座卡兹其尔山。

我的论文《小世界》（“Small Worlds”）现在收录在《诠释的限度》中，里面引述过一段安·拉德克利夫[†]小说《奥多芙的秘密》（*The Mysteries of Udolpho*）的开场白：

> 在嘉斯康尼乡野间景致宜人的嘉隆尼河岸，1584年时有座圣奥伯堡，从城堡窗户望出去，瑰安尼的田园风光尽入眼底，嘉斯康尼沿河延伸，触目只见林木蓊郁，遍植葡萄树与橄榄树，颇为赏心悦目。

---

* 欧文（Washington Irving，1783—1859），美国作家，著有《李伯大梦》、《睡谷传奇》等，被誉为“美国文学之父”。

† 拉德克利夫（Ann Radcliffe，1764—1823），英国女作家，哥特小说先驱。

我的意见是，我很怀疑18世纪晚期的英国读者对嘉隆尼、嘉斯康尼及其美丽的景致能有多少了解。他们顶多从“河岸”两字知道嘉隆尼是条河流，并且根据常理判断这是块典型的种植着葡萄树与橄榄树的南欧乡野。拉德克利夫的写法好像她的读者们都很熟悉这块法兰西丘陵地。

这篇论文发表后，我收到一位波尔多绅士的来信，他指出嘉斯康尼或嘉隆尼河岸从未种植过橄榄树。这位亲切的绅士以机智的结语支持我的论文观点，谬赞我对嘉斯康尼的一无所知，正因为此我才选了这个有力的例子（他接着邀请我去该地作客，因为当地葡萄园**的确**种植有年，产制的葡萄酒相当精醇）。

所以拉德克利夫不仅要求读者就他们所知的现实世界与她合作，不仅提供部分相关知识，不仅要求他们假装知道他们并不知道的现实世界的事情，甚至引导他们去相信现实世界拥有一些其实根本不存在的东西。

由于拉德克利夫夫人不太可能蓄意欺骗读者，我们只好断定她是弄错了。这又引出更大的难题：我们该把作者错以为真的现实世界的状况，视以为真到何种程度？

5 塞尔万多尼路奇案

The Strange Case of the Rue Servandoni

最近我的学生卢克雷西亚·埃斯库德罗斯写了一篇学术论文，内容有关阿根廷媒体对福克兰–马尔维纳斯战争的报道，里面有这样一段故事。[1]

1982年3月31日，时值阿根廷登陆马尔维纳斯前两天，英国特遣部队抵达福克兰前二十五天，布宜诺斯艾利斯的《号角报》（*Clarin*）出现了一则有趣的报道：据称，伦敦方面有消息证实，英国已派遣核潜艇“壮丽”号前往南大西洋南域。英国外交部立刻表示对这个报道的“版本”不予置评，阿根廷媒体则推断，英国当局既然把这一报道称为“版本”，则必然有人泄露重大军事机密。4月1日，就在阿根廷登陆马尔维纳斯前夕，《号角报》报道“壮丽”号是艘四万五千吨的舰艇，舰上运载着九十七位水肺潜水好手。

英国接下来的反应颇耐人寻味。一位军事专家指出，派遣一艘巡洋战舰型的核潜艇到该地区去有理可循，伦敦《每日电讯报》则一副洞悉内情的模样，传闻一步步成为事实。阿根廷读者阅报大感震惊，媒体则迎合大众期待报道内情的心理，将他们锁定在悬疑中。据称消息来源根本就是阿根廷军方，“壮丽”号则成为报道中“那艘英方泊在南大西洋的潜艇”。到 4 月 4 日，已经可以清楚看见离阿根廷海岸不远处的潜艇。英国军方继续以无意泄露潜艇所在位置回答所有问题，这种露骨的表述只不过更加强了“的确有艘英国舰艇在某处”的大众猜测——这个说法当然是不错的。

4 月 4 日当天，数家欧洲通讯社报道称，“壮丽”号即将驶往南海，为英国特遣部队打头阵，如果报道属实，那在阿根廷外海看见的潜艇就不可能是“壮丽”号。但这个互相矛盾的报道不但没有消弭，反而加强了潜艇存在的效应。

4 月 5 日，顿涅茨克通讯社称“壮丽”号距离福克兰-马尔维纳斯只有两百五十公里，其他新闻媒体跟风报道，详述潜艇性能及其超强战力。4 月 6 日，阿根廷海军在群岛附近发现“壮丽”号的踪迹，接下来的一周又侦测到其兄弟舰“神谕”号在左近。4月8日法国《世界报》提到这两艘舰艇，《号角报》引述时加上夸张的标题“潜艇队？”4月12日潜艇队再度现身，《号角报》更进一步报道苏联潜艇抵达南方海域的消息。

现在，这个故事关系的不仅是“壮丽”号出现的问题（大家早已视为当然），更牵涉到英国人出神入化的保密功夫，潜艇地点始终未曝光。4月18日一位巴西飞行员在圣卡塔里娜目击到“壮丽”号，并拍下照片，但因云层过厚影像不清楚。这里又可以看到雾的效应（记得我在第三讲里提到的吧），只不过这次是由读者自行提供，目的在维持故事必要的悬疑性。我们似乎置身在《平面国》和安东尼奥尼的《放大》（*Blow Up*）之间。

4月22日，英国特遣部队带着真战舰和真潜艇悄悄掩进到距离开战地八十公里处时，《号角报》告诉读者传闻中巡逻马尔维纳斯地区的潜艇已返防苏格兰。4月23日苏格兰《每日纪事报》透露，“壮丽”号根本从来没离开过英国基地，迫使阿根廷报纸改弦易辙，将叙事形态从战争电影换成了间谍小说。当天《号角报》以胜利的姿态宣称，英国军方的诡计已被识破。

是谁杜撰了那艘黄色潜水艇？是英国军情机构，目的在松懈阿根廷的士气？是阿根廷军事将领，目的在合理化其强硬立场？是英国媒体？或者阿根廷媒体？是谁从谣言中获利？我对故事的这一面不感兴趣。我感兴趣的，是故事如何借助牵涉各方的通力合作，在模糊的传言中坐大。每个人都参与创造了这艘黄色潜水艇，因为它是个吸引人的虚构角色，故事本身的叙事精彩万分。

这个故事——这个有着小说结构的真实故事——有很多寓意。首先，它显示出人们总是倾向于通过叙事策略来为生活塑形（这个观点是下一讲，也就是最后一讲的主题）。其次，它表明了“存在性预设”（existential presuppositions）的力量。[2]任何有着确切名字或明确描绘的陈述，都会让读者或听众以为叙述的事物理所当然是实际存在的。如果有人告诉我他不能来参加会议，因为太太身体违和，我的基本反应当然是相信这个太太的存在，日后我偶然发现此人根本是个单身汉时，才会断定他是睁眼说瞎话。但在那之前，由于在谈及她而形成的推论框架里这位太太已经被置入，我没有理由去怀疑她的存在。如果我读到一篇文章，开头写着“一般人都知道，现任法兰西国王是个秃子”（我们其实知道法兰西是个共和国，而我也不是语言学家，只是一般人），我不会大费周章去查证实情，反而会悬置怀疑，视此叙述为虚构，就当时空设定在秃头查理的年代吧——正常人有这种倾向再自然不过。我这么做，因为这是在不管什么时空中，容许陈述所指的实体获得存在形式的唯一方式。

我们的潜艇就是这么回事，一旦经由大众传播媒体置入并传述，潜艇就存在了，既然报纸理应报道现实世界的真相，人们也会尽全力来眼见为荣。

在坎帕尼莱（我在第一次讲座中引述过这位一流幽默作家的作品）所著的《爱情为何物》（*Ma che cos'è questo amore*）里，有个名唤曼纽尔男爵的角色，此人为了掩饰且方便他的秘密奸情，不断告诉太太和其他人他必须造访和帮助某位叫帕索提的人，他的至友。这位朋友不幸长年卧病在床；随着曼纽尔的婚外情越演越炙，帕索提的病情也日益严重。虽然作者和读者都明白此人并不存在，但他在小说里是如此活灵活现，以至于故事进行到某一关键时刻时，大家（当然指其他角色，但也包括读者）都在期待他亮相。帕索提终于突然现身了，但不幸是在曼纽尔（这时已厌倦了偷腥）宣布他的死讯之后几分钟。

黄色潜水艇是经媒体置入的，一旦置入后每个人都不怀疑其存在。如果在虚构文本里，作者置入一个现实世界里没有的东西，作为取自现实世界（即虚构世界的背景）的元素，那又怎么办？如果你还记得的话，拉德克利夫就干过这档事，将橄榄树置入嘉斯康尼。

在《三剑客》第一章里，达达尼昂到达巴黎，不久在福索叶路（rue des Fossoyeurs）波拿西鄂先生家找到落脚处，随即出发去旧鸽舍路的特雷维尔先生住处（见第二章）。我们要到第七章才知道波特斯也住在同一条街上，阿托斯则住在费罗路。如今旧鸽舍路一直通到圣叙尔比斯广场北边，费罗路则在南段与其垂直交叉，但在《三剑客》的时代里广场并不存在。那位神龙见首不见尾、以阿拉密斯之名行走江湖的独行侠的住处，到底在哪里呢？在第十一章谜底揭晓，原来他住在塞尔万多尼路一隅，如果你检视一下巴黎的地图（见图 12），会发现塞尔万多尼路和费罗路平行，在其东边。第十一章名为“阴谋纠缠不清”（The Plot Grows Tangled），但我们从人名地名学和城市规划的观点来看，街道分布（plot）确实也够纠缠不清了。

某夜，达达尼昂拜访住在旧鸽舍路上的特雷维尔先生后，不急着回家，准备散会步，边走边柔情地思念他心爱的波拿西鄂夫人，“绕最远的路”返回住处，文本是这么说的。不过我们不知道福索叶路在哪里，查阅现今的巴黎地图并没有这条路。我们不妨跟着那个“与夜空谈话，向星星微笑”的达达尼昂走一回。（见图 13）

如果我们一边读大仲马的小说一边检视 17 世纪的地图，可以发现达达尼昂拐到谢尔什-米迪路（大仲马注明当时路名为沙斯-米迪路），走进一条现在名为阿萨斯的小街，这条街无疑就是加尔默罗街，接着左转，“因为阿拉密斯的家就在卡塞特街和塞尔万多尼路中间”，离开加尔默罗街后达达尼昂可能横过加尔默罗修道院旁的土地，在卡塞特街上歇歇腿，进入梅西耶路，横越费罗路，这条街上住着阿托斯，但达达尼昂显然并没有想到（别忘了达达尼昂正像所有陷入热恋中的人一样漫无目的地乱逛）。如果阿拉密斯的住处位于卡塞特街和塞尔万多尼路

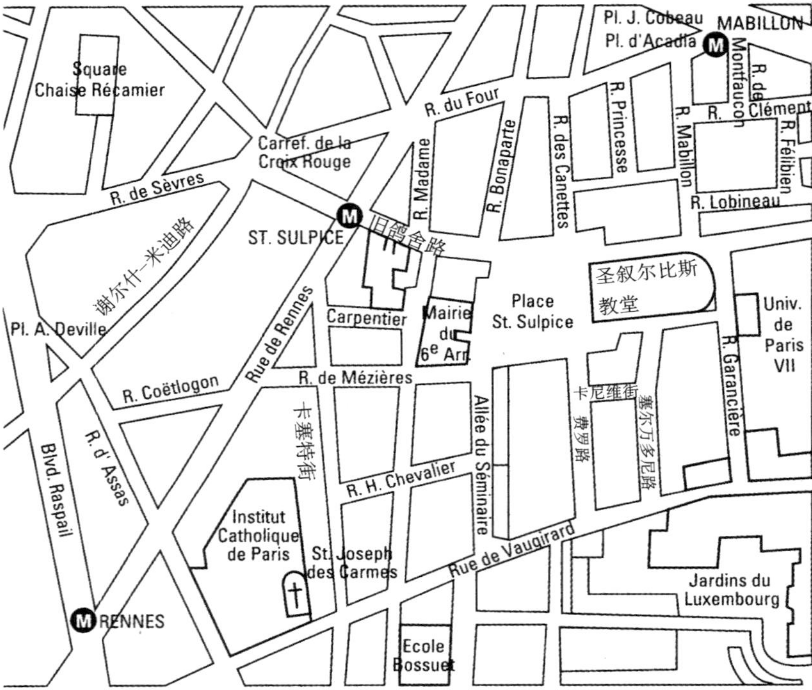
Pl. J. Cobeau
MABILLON
Pl. d'Acadia
Square
Chaise Récamier
R. du Four
Montfaucon
R. de Clément
R. Princesse
R. Mabillon
R. Félibien
Carref. de la
Croix Rouge
R. Madame
R. Bonaparte
R. des Canettes
R. Lobineau
R. de Sèvres
ST. SULPICE
旧鸽舍路
谢尔什-米迪路
圣叙尔比斯
教堂
Place
St. Sulpice
Carpentier
Mairie
du
6e Arr.
Univ.
de
Paris
VII
Pl. A. Deville
Rue de Rennes
R. Garancière
R. Coëtlogon
R. de Mézières
卡尼维街
卡塞特街
费罗路
塞尔万多尼路
Allée du Séminaire
R. d'Assas
Blvd. Raspail
R. H. Chevalier
Institut
Catholique
de Paris
St. Joseph
des Carmes
Rue de Vaugirard
Jardins du
Luxembourg
RENNES
Ecole
Bossuet

图 12

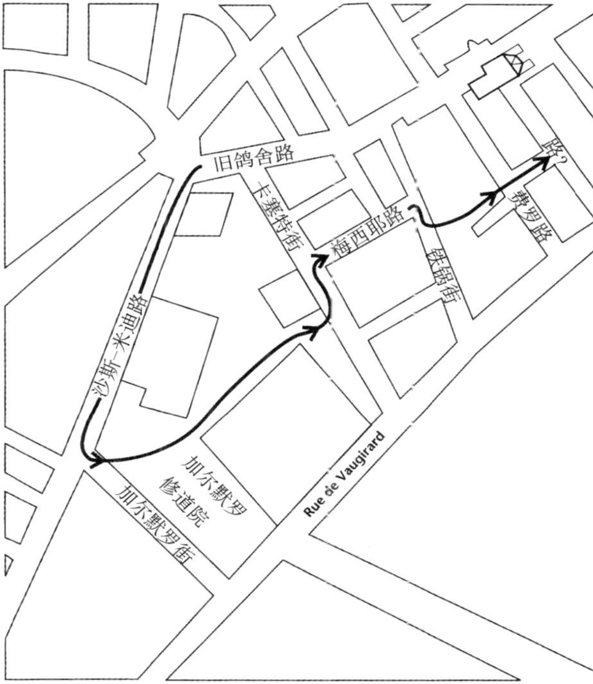
旧鸽舍路
卡塞特街
梅西耶路
铁锅街
费罗路
路?
沙斯-米迪路
加尔默罗
修道院
加尔默罗街
Rue de Vaugirard

图 13

中间，那显然就是卡尼维街（不过1625年时这条街并不存在）[3]，准确地说，就是塞尔万多尼路的转角处（地图上注明“路?”的地方），因为达达尼昂瞥见一个人影在他朋友住处对面一闪而逝，离开了塞尔万多尼路（后来才从小说中得知此人即为波拿西鄂夫人）。

啊呀，我们的经验读者一听提到塞尔万多尼路一定心有所动，因为罗兰·巴特曾住过这里，但阿拉密斯却不可能，因为事件发生在1625年，而来自佛伦萨的建筑师乔凡尼·尼可洛·塞尔万多尼生于1695年，他在1733年设计了圣叙尔比斯教堂的外立面，1806年这条街才以他的名字命名以向他致敬。

大仲马虽然知道谢尔什-米迪路当时名为沙斯-米迪路，但对塞尔万多尼路可就百密一疏了。如果这件事只关系着经验作者大仲马，则并无大碍。但现在文本既存，我们这些恭敬的读者按图索骥，发现置身在完全真实的巴黎，和1625年时的巴黎完全吻合，除了一条当时不存在的马路出现在文本里。

你们知道，逻辑学家和语言哲学家经常就虚构人物的本体身份辩论不休（虚构事物和事件亦然），如果P这个命题针对的不是现实世界而是虚构世界，那么追究“P是真实的”这句话到底是什么意思就并不突兀了。在前一次讲座中我们曾约定，要向最符合常识的意见靠拢。无论你的哲学立场是什么，你都会说在柯南·道尔的虚构世界里，福尔摩斯是个单身汉，如果某篇小说里福尔摩斯突然叮嘱华生订三张火车票，因为福尔摩斯太太要同行去追踪莫里亚提博士，我们至少会感觉到一点不自在。容我用一个非常直接的观点：福尔摩斯有太太是不真实的，就像帝国大厦在柏林是不真实的，道理一样。句号。

但我们能以同样的自信说阿拉密斯住在塞尔万多尼路转角上是不真实的吗？当然我们也可以辩解说在《三剑客》的可能世界里阿拉密斯住在某条X街的转角处，只不过经验作者犯了个错误，将那条街唤作塞尔万多尼路而已，其实此街可能另有其名，一切就说得通了。唐纳伦*已经说服我们，如果某个人一直误信琼斯谋杀了史密斯，当他提起杀害史密斯的人时一定会指向琼斯，即

* 唐纳伦（Keith S. Donnellan），当代美国语言学家。

便他是无辜的。[4]

不过这件事情要复杂得多。达达尼昂所住的福索叶路在哪里？这条路在 17 世纪的确存在过，现在消失了，理由很简单：从前的福索叶路就是我们现在所称的塞尔万多尼路。因此（一）1625 年阿拉密斯所住的街不唤此名，（二）达达尼昂和阿拉密斯住在同一条街上，虽然他并不知情。达达尼昂现在处在一个有趣的本体论状况里：他相信在 1625 年的巴黎存在着不同名字的两条路，但其实只有一条路，一个名字。我们可以说这种错误不是不可能，过去许多世纪以来人类相信印尼南方外海上矗立着两座大岛屿，一座是锡兰，一座是泰普罗班，16 世纪的制图师还精心绘制了两座岛屿图，但之后发现其实只有一座岛，化一为二乃源自各方旅行者形容它时充满想象力的诠释而已。同样的，人类相信晨星和晚星是两颗不同的星星（分别命名为赫斯珀洛斯和福斯福洛斯），其实是同一星体，都叫做维纳斯，即金星。

总之这和达达尼昂的情况也不太一样，我们这些凡人在同一天两个不同的时间里遥遥注视着赫斯珀洛斯和福斯福洛斯两颗星体，如果犯过或继续犯同样的错误，相信他们是两颗不同的星体，这情形是可以理解的。但如果我们是福斯福洛斯星球上的居民，就不可能相信赫斯珀洛斯的存在，因为没有人看见过它在夜空里闪耀。赫斯珀洛斯和福斯福洛斯的问题困扰过弗雷格*和其他地球上的哲学家，但不曾困扰过福斯福洛斯的哲学家，如果有的话。大仲马身为经验作者显然犯了一个错误，情况犹如地球上的哲学家，不过达达尼昂在他可能的世界里，情况则犹如福斯福洛斯的哲学家，如果他走在今天我们所称的塞尔万多尼路上，他一定知道自己置身在卜居的福索叶路上，所以他怎么可能认为这是另一条路，阿拉密斯的住宅所在的路？

如果《三剑客》是部科幻小说（或者自我否定的小说），就没有问题了，我可以轻易地写出某位太空人在 2001 年 1 月 1 日离开赫斯珀洛斯，而于 1999 年 1 月 1 日抵达福斯福洛斯的故事，故事中可置入一个有两年时差的平行世界。其中一个星球唤作赫斯珀洛斯，上有

---

* 弗雷格（Gottlob Frege，1848—1925），德国数理学家，奠定现代数理学基础。

一百万居民，由一位国王斯坦·劳来*统治着，另一个星球唤作福斯福洛斯，居民比一百万少一人（斯坦·劳来并不存在，而是个共和国），此外一切和赫斯珀洛斯相同（同样的名字，同样的特征，同样的个人经历，同样的家庭关系）。换个角度说，我也可以想象太空人做时间旅行，回到过去的赫斯珀洛斯，当时还称作福斯福洛斯，半个小时后居民决定改名。

每一部历史小说的一个最基本的虚构协议，是不管书中创造多少想象人物，其他事情多少都必须符合当时的史实。

我们手边这个难题有个很好的解决方式，我试解如下：根据某些地图所示，至少在 1636 年前后，福索叶路南段在某处之后叫做鹿脚街（rue du Pied de Biche），如此一来达达尼昂住在福索叶路上，而阿拉密斯则住在鹿脚街上，达达尼昂因为街名不同而以为是两条不同的街，他知道他住在阿拉密斯所居之街延伸过来的街道上，但错信阿拉密斯的街名为塞尔万多尼路，而不是鹿脚街。

---

* 劳来（Stan Laurel, 1890—1965），美国默剧演员，作品《劳来与哈台》家喻户晓。

为什么不是鹿脚街呢？也许他遇见一位佛罗伦萨人塞尔万多尼先生，此人恰巧是圣叙尔比斯教堂建筑师的曾祖父，就这么将记忆中的名字误植上去了。

不过文本并没告诉我们达达尼昂到了他所“认为”的塞尔万多尼路，文本告诉我们他到了读者应该认为的塞尔万多尼路，我们如何解决这个棘手的难题呢？为了接受这个想法，我一直以玩笑的方式在讨论虚构角色的本体论问题，真正吸引我们的不是可能世界及其居民的本体论（论及模态逻辑时这当然是个严谨的课题），而是读者的位置。

我们从福尔摩斯的事迹知道他没有结婚，也就是说从虚构文集中得知。相形之下，塞尔万多尼路在1625年不存在，我们只能从百科全书中得知，而就文本世界的角度而言，百科全书的资料不过是无关紧要的流言。如果你思考片刻，就知道这和《小红帽》里大灰狼所引发的问题是一样的，我们身为经验读者很清楚狼不会开口讲话，但身为模范读者，我们必须同意活在一个狼开口讲话的世界里。如果我们接受森林中有会讲话的狼，会什么不能接受巴黎在1625年时有条塞尔万多尼路？重读

《三剑客》时，即使在我这番揭示之后，在现实生活中我们仍会，你们也会继续接受这个想法。

在《诠释的限度》和《诠释与过度诠释》这两本书里，我坚持**诠释**文本和**利用**文本是不一样的。但我也说过，利用文本去做白日梦不在禁止之列。在这个讲座里，我“利用”《三剑客》让自己涵泳在历史和学问的世界里从事有趣的探险。我必须承认很享受游走于巴黎的街道上，发现大仲马命名的道路，以及检验 17 世纪的城市地图（顺便说一句，都很不准确）。你可以随兴利用虚构文本做任何事情。我则喜欢扮演一个偏执的读者角色，检查 17 世纪的巴黎和大仲马笔下所写是否吻合。

做这件事时我并不以模范读者自居，也不像一般的经验读者。因为你得懂点艺术知识，才会知道塞尔万多尼是哪号人物，你还得了解不少专门知识，才会知道福索叶路就是塞尔万多尼路。大仲马的文本以其雕琢的文笔展现通俗历史小说的面貌，不可能要求读者这么细致深入，因此大仲马的模范读者不需要知道这些不相关的细节——在 1625 年时，塞尔万多尼路的名称是福索叶路——也能快乐地阅读下去。

这就解决所有问题了吗？当然不。我们试想，大仲马让达达尼昂离开旧鸽舍路上的特雷维尔家后，沿路转进波拿巴路（rue Bonaparte*，这条街当时已经存在，与旧鸽舍路垂直，与费罗路平行，那时称作铁锅街）。哎呀，这太过分了。我们不是愤慨地摔开书，就是试着重读，相信我们在把自己当成一本历史小说的模范读者时犯了错误。我们读的不是历史小说，根本就是那种称为子虚乌有的故事——发生在历史背景里，但时空全盘错乱，恺撒大帝和拿破仑决斗，欧几里得设法演算费马定理。

我们为什么能接受达达尼昂走上塞尔万多尼路，而不能接受他走上波拿巴路呢？答案很明显：因为几乎每个人都知道波拿巴路不可能存在于17世纪，而几乎没有人知道塞尔万多尼路不可能存在于17世纪，连大仲马也不知道。

所以我们的问题不在于活在虚构世界里的角色的本体论，而在于模范读者百科全书的版本。《三剑客》所设定的模范读者敏于重建历史（只要别太学究），知道波

* 波拿巴为拿破仑的姓氏。

拿巴是谁，对路易十三和路易十四王朝的不同之处略知一二，所以作者在书的开端和故事进行中提示读者许多信息，而他们也无意去法国国家档案室查看那段时期历史上是否真的有位罗什福尔伯爵存在。他们应该知道那时已经发现美洲大陆了吧？文本没有提及，也无任何暗示，不过如果达达尼昂在塞尔万多尼路上遇见克里斯托弗·哥伦布，读者应该会大感惊讶，这是合理的假设吧？我说“应该会”，因为我只是在假设。有的读者不假思索就会相信哥伦布和达达尼昂同时代，因为就有读者认为事情非现在即“过去”，而这个过去不过是一团模糊而已。所以当我们说文本预期读者有某种版本的百科全书时，很难弄清楚究竟是哪种版本。

最先涌上脑海的例子是《芬尼根守灵夜》，这本书预期、要求并需要百科全书知识渊博的模范读者，比经验作者詹姆斯·乔伊斯的百科全书更胜一筹的读者——能自行发现暗喻和语义关联的读者，即使他们没注意到经验作者的提示。事实上文本预设了（如乔伊斯所言）一个“受理想的失眠症所感染的理想读者”。大仲马不曾期望过像我这样的读者（相反地，可能会被激怒），会去查福索叶路在那里，反之，乔伊斯（即使《芬尼根守灵夜》的森林漫无止境，一旦进去根本走不出来）则需要一个随时能离开这座森林、进入其他森林的读者，一个能思考无边无际的普遍文化和互文性森林的读者。

我们是否可以说，每一个虚构文本都设定了一个类似博尔赫斯的“博闻强识的富内斯”的模范读者？当然不。《小红帽》的读者不该知道乔尔达诺·布鲁诺*，而《芬尼根守灵夜》的读者应该知道。那么究竟一本标准的叙事作品需要我们有什么样的百科全书版本？

罗杰·尚克和彼得·契德斯（Peter Childers）的著作《有认知能力的电脑》（*The Cognitive Computer*）可容我们从另一个观点来细看这个问题：我们该给电脑一个什么样的百科全书版本，以便它写出（或了解）伊索式的寓言？[5]

在他们的“编故事”（Tale-Spin）程序里，他们先从一个小规模的百科全书起步：告诉电脑在一系列问题情境下一只熊如何找到蜂蜜。

---

* 布鲁诺（Giordano Bruno，1548—1600），意大利哲学家、天文学家、数学家、神秘学者。

在电脑初期试运行时，小熊乔问小鸟欧文哪里能找到蜂蜜，欧文回答说："橡树上有个蜂窝。"电脑最早写出这些故事时，小熊乔以为欧文没有回答它而生起气来，其实是它的百科全书里缺乏某种知识信息，即有时可以利用转喻（metonymy）的方法指示食物所在，也就是说，举出来源而非直指食物本身。普鲁斯特赞美福楼拜写《包法利夫人》时，写她走近壁炉，而不需直接告诉读者她觉得冷。而且，福楼拜理所当然地认为他的读者知道壁炉予人温暖。相形之下，尚克和契德斯则了解他们处理电脑时必须交待清楚，提供给电脑食物和其来源的相关信息。但当欧文重复说"橡树上有个蜂窝"时，小熊乔走过去把整个蜂窝都吃掉了。它的百科全书仍然不够完备，盛装食物的来源和食物本身是不一样的，这点必须做进一步解释，因为"饥饿时找冰箱没有错，但得知道打开它，而不是吃掉它，这些对机器而言都是懵懂无知的"。[6]

当机器被告知运用某种方法达成某项任务时，一件不曾预期的事情发生了（比如，当故事中的人物想要某样东西时，他的选择之一是试着和物主谈交易），结果发生了以下的事情：

小熊乔饿了，它问小鸟欧文蜂蜜在那里，欧文拒绝告诉它，乔就提议，如果告诉它蜂蜜在那里，就给鸟儿一条虫，欧文同意了，但乔不知道虫在那里，它又问欧文，欧文又拒绝告诉它，它提议如果告诉它蜂蜜在哪里，它就给鸟儿一条虫，欧文同意了，但乔不知道虫在哪里，它又问欧文，欧文又拒绝告诉它，它提议如果告诉它蜂蜜在哪里，它就给鸟儿一条虫……[7]

为避免这种死循环，电脑必须被告知，“如果角色已负有某种任务，就别再重复给他（也就是说，如果他已经尝试而失败时），而是给予另一种任务”。但这些指令仍会产生问题，因为与后来的信息互动不良，比如，“角色肚子饿时，看到食物就会想吃，角色觅食不果时，他会因断食而生病”。

这里是电脑编的另一个故事。狐狸比尔看见乌鸦亨利停驻在树枝上，嘴里含着一片乳酪。比尔饿了，很想吃乳酪，就说服亨利唱首歌，亨利一张口乳酪掉到地上，在一般情况下，乳酪掉在地上，比尔看见了，一定会想吃，但是电脑指令不能重复给角色同样的任务，所以比尔无法果腹而生病了。可怜的比尔。那么乌鸦亨利又怎样了呢?

> 亨利乌鸦见乳酪掉在地上，他也饿了，但他知道乳酪是属于他的，他自认诚实，不想欺骗自己放弃乳酪。他也没有骗自己，也不想和自己竞争，不过他记得自己拥有自主权，因此拒绝给自己乳酪。他想不出任何给自己乳酪的好理由（如果这么做，他就失去乳酪了），所以他提议给自己找一条虫来，就给自己乳酪，这听起来可行，但他不知道虫在哪里，所以他问自己："亨利，你知道虫在哪里吗？"当然他不知道，所以他……（周而复始）。[8]

读一则寓言故事，你肚子里还真得有点东西。不过不管尚克和契德斯得教多少东西给电脑，都不用告诉它塞尔万多尼路在哪里，小熊乔的世界是很小的。

读虚构故事时，脑子里必须有一些经济准则的概念来规范虚构世界。这些准则并不在那里——或者说，就像在每个诠释循环（hermeneutic circle）里一样，它们必须先被预设，即使你正试图从文本中寻找蛛丝马迹来推断出它们。因此，阅读就像打赌，你赌自己会忠于一个提示你的声音，而偏偏这个声音又提示得不明不白。

让我们回到大仲马，试着以在《芬尼根守灵夜》的世界里长大的读者的身份来阅读他，也就是说，我们被授权从密布全书的证据和线索寻找提示和语义瑕疵，如此来试着过度诠释《三剑客》。

我们可以假设命名为塞尔万多尼路不是个错误，而是一个线索，一个暗示，大仲马在字里行间丢下这个名字，旨在警醒读者，他要读者明白每一个虚构文本都包含一个基本的矛盾，只因为极力要使虚构世界和现实世界相符合。大仲马希望证明，每一部小说都是自我否定的小说，章节名称“阴谋纠缠不清”指涉的不只是达达尼昂或皇后的恋情，也指涉叙事的本质。

此时，经济准则就发生作用了。我们说过，奈瓦尔要我们重新建构他的故事，我们能这么说是因为《西尔薇娅》文本里包含丰富的时间信息，很难相信这些信息是偶发的；故事直到最后才出现一个确定的时间，这绝不是偶然，其目的似乎是邀请我们再读一遍这个短篇小说，来重新发现叙述者自己已经迷失、而我们尚未找回的故事发生顺序。但这些遍布在奈瓦尔文本里的时间信息，都在情节的关键时刻出现，也就是读者快要迷失的地方，这些信息的作用就像是迷雾中的十字路口，模糊但可辨识的交通信号。反之，刻意在大仲马的文本中找寻时代错误，可能会发现一大堆，但都不在策略性的位置上。第十一章，叙事声音集中在妒火中烧的达达尼昂身上，令人感觉到他走路时不管选择哪条路线，这场戏都不会有什么改变。确实，我们可以发现，整章都围绕着错认打转：先是看到一个身影，结果证实是波拿西鄂夫人，她又对某位达达尼昂认为是阿拉密斯的人讲话，接着我们发现那人竟是一名女子。章节最后，达达尼昂以为波拿西鄂夫人是在爱人的伴随下出现，结果出现的竟是白金汉公爵，皇后的情人……为什么不认定街名的混淆是刻意的呢——其作用是提示和讽喻人物的混淆，并点明两种错认之间有着微妙的相似之处？

答案是，通篇小说中错认人的情节随即都恍然大悟，这是 19 世纪通俗小说中千篇一律的做法。达达尼昂一再误认一位过路人是声名狼藉的孟格。很多次他都相信波拿西鄂夫人与人有染，结果却发现她纯洁得像天使。阿托斯结婚多年后才发现米拉迪其实是安妮 · 德布勒伊，一个罪犯。米拉迪发现刽子手李尔是她想方设法要毁灭的人的兄弟，诸般例子不胜枚举。总之，塞尔万多尼路的时代错误到后来并没揭露任何用意。阿拉密斯就继续住在这个子虚乌有之地直到小说终结，可能直到永远。如果我们按照 19 世纪间谍密探小说的法则去办案，循着塞尔万多尼路这个线索追踪下去，只会走进死胡同。

到现在为止我们一直在进行一些有趣的心理实验，问自己如果奈瓦尔告诉我们马车不是由马拉的，如果雷克斯 · 斯托特把亚历山大广场放在纽约，如果大仲马让达达尼昂走上波拿巴路，会有什么后果。也好，我们像哲学家偶发雅兴般地自娱了一番；但我们必须谨记，奈瓦尔从未说过马车没有马，斯托特也未将亚历山大广场放在纽约，达达尼昂更从未走上波拿巴路。

读者需要具备的百科全书能力，其实是被虚构文本所限制的（最大的百科全书的无限大版本，任何人都不可能拥有）。大仲马的模范读者或许知道 1625 年不可能有街道以波拿巴命名，事实上大仲马并没犯这个错误。同样这位读者或许不该知道塞尔万多尼是谁，大仲马容许自己在错误的地方提到他。虚构文本会提示读者应具备的某些能力，也设置出其他的。其余的那些文本则笼统带过，它当然不会要求我们去发掘整部无限大的百科全书。

文本要求读者具备的百科全书的准确版本，其实还有待推测。发现它就意味着发现模范作者的策略——不是发现地毯上的图案形象，而是发现能够借以追踪织入虚构地毯的复杂形象的规则（rule）。

这个故事的教训是什么？就是小说文本帮助我们纠正了形而上的狭隘。我们活在现实世界的广大迷宫里，比《小红帽》的世界广大复杂得多，这个世界的路径我们尚未悉数置入地图，也无法形容其全貌。多少世纪以来，人类希冀着存在一种游戏规则，思索着这个迷宫是否有位作者，或数位作者，具有上帝的思想，或诸位上帝的思想，好像他们是经验作者、叙述者或模范作者。人们猜想过经验神祇（empirical divinity）长什么样子：蓄着胡子吗？是他，是她，还是它？是生出来的，还是永恒存在？或者（在我们的时代）已经死了？上帝身为叙述者，一直被寻找着——在动物的肠子里，在鸟族的飞翔里，在燃烧的树丛里，在《十诫》的第一诫里。有些人（当然包括哲学家、和众多宗教的追随者）则在寻找模范作者式的上帝——上帝就是游戏规则，就是律法，会使（或者有一天会使）世界的迷宫真相大白。如此说来，我们要找到我们身在迷宫中的理由，与此同时必须找到这个神祇，以及我们要走上哪条路径。

在《玫瑰的名字》的后记里，我提到人们喜欢读侦探小说是因为里面问的问题跟哲学与宗教课题一样："是谁干的？"[9] 但这不过是第一层次读者的思维。第二层次读者要求更多：我必须怎样辨识（推测）模范作者，或者我必须怎样建构模范作者，才能使我的阅读有意义？斯蒂芬·迪达勒斯有过疑虑：如果某人把一块木头随意削成牛的形状，这个形状是艺术作品吗？如果不是，为什么？[10] 今天，我们已经明确了一种所谓的现成品（ready-made）诗学，我们知道答案是：如果我们能想象出隐藏在背后的作者塑形时的策略，那么随意的形式也是一种艺术。这是一个极端的例子，告诉我们成为一个好读者的先决条件必须是一个好作者。但这个极端的例子完美地表达了作者与模范读者之间牢不可破的关联与辩证。

在这一辩证法中，我们必须遵守德尔菲神谕的戒律：认识你自己。赫拉克利特提醒我们“神在德尔菲的谕旨既不明说也不隐瞒，而是透过迹象显示”，我们追寻的知识无穷无尽，因为它存在的形式就是不断的质疑。

这种质疑虽然漫无止境，却受限于一部虚构作品的内容，止于作品所需的百科全书节缩版本，但我们不敢说现实世界（与其无限的可能的副本）究竟是无限而受限的，还是有限而不受限的。不过，虚构作品之所以比现实世界更让我们感到形而上的安心，还有另一个理由。密码分析及破译专家都倚重一个黄金律，即每个秘密信息都可破解，只要知道它的确是个信息。现实世界的问题是，人类自天地鸿蒙起就在思索是否真的有个信息存在，如果有，那么这个信息是否有意义。在虚构的宇宙里，我们不假思索就知道确实有这样的信息存在，隐身于信息背后的作者实体即是造物主，信息中则是一系列的阅读指示。

因此，我们对模范作者的探索，其实是另一种探索的替代品，在探索的过程中，天父的形象消隐在无止境的迷雾里，我们则永远不停质疑，为什么是有，而不是没有。

6 虚构议定书

Fictional Protocols

虚构世界既然如此令人安心，为何不试着将现实世界当作一部虚构作品来读呢？或者，如果虚构世界如此狭小并且看上去舒适得具有欺骗性，那为什么不试着将它设计得像现实世界一样复杂、矛盾、刺激？

我先回答第二个问题：但丁、拉伯雷、莎士比亚、乔伊斯的确都这么做过。还有奈瓦尔。我讨论过“开放的作品”，所指的正是企图像人生一样暧昧不明的文学作品。在《西尔薇娅》里，我们不假思索也知道阿德里安娜死于 1832 年（相形之下我们不见得确定拿破仑死于 1821 年，因为可能于连·索莱尔将他从圣赫勒拿岛秘密救出，留下一个替身，后来以多杜神父的化名住在卢瓦西，1830 年时巧遇叙述者）。然而《西尔薇娅》的其余内容——所有那些生命与梦境之间，过去与现在之间相互的暧昧作用——更近似于日常生活中充斥的不确定性，而不近似于我们和郝思嘉都知道的“明天又是另外一天”这种牢不可破的确定性。

现在我再回答第一个问题：我在《开放的作品》一书中评论过电视实况转播的做法，尝试将一连串偶然发生的事件以一个叙事结构框定起来；我注意到人生更像《尤利西斯》而不那么像《三剑客》，[1] 但我们都反而倾向以《三剑客》而非以《尤利西斯》的方式来看待人生。在《傅科摆》中，我的角色贝尔勃说这段话时好像是在赞许这种自然倾向：

> 我认为，真正的花花公子不会向郝思嘉或甚至康斯坦丝·波拿西鄂求爱……我游戏笔墨于言情小说，为的是从人生走出来蹓跶一回……不过我错了……普鲁斯特才对：坏音乐比庄严弥撒更能表现人生。伟大的艺术……展现给我们的是艺术家心目中想望的世界。反之，言情小说插科打诨，展现的却是俗世的真实面貌，至少是未来的面貌。女人像米拉迪的成分比像小内尔多得多，傅满洲比智者纳

坦[*]真实，历史更接近于欧仁·苏[†]所叙述的，而非黑格尔所指陈的。[2]

这段话从一个心灰意冷的人物口中说出来还真苦涩。但这也刻画出我们很自然地倾向于将发生在我们身上的事，按照罗兰·巴特所说的“读者的文本”（texte lisible）来诠释。既然小说提供了一个比人生更为舒适的环境，我们就试着把人生当作一篇小说来阅读。

这是我在这里的最后一次讲座，讲题主要是我们迫使小说和人生转换位置的种种实例——阅读人生一如人生为小说，阅读小说一如小说为人生。有些混淆赏心悦目，有些诚属必要，有些则令人惊惧。

1934年，加达[‡]在报纸上发表了一篇文章，描写米兰的屠宰场。加达是位优秀的作家，这篇文章成了散文写

---

* 《智者纳坦》（*Nathan the Wise*），莱辛（G. E. Lessing，1729—1781）剧作，叙述一位犹太智者深明大义，认为基督教、伊斯兰教与犹太教不分高下，同样值得尊敬。

† 指欧仁·苏（Eugène Sue, 1804—1857），法国小说家，作品多描写城市生活的阴暗面。

‡ 加达（Carlo Emilio Gadda，1893—1973），意大利作家，作品以冷静的心理、社会分析见长。

作的优秀范本。最近博诺米提议做一个有趣的实验。[3]让我们假想文章中没有提到米兰这个名字，只以“这座城市”带过，而且稿子打好后并没有出版，与加达一些未面世的遗稿存放在一起，为现今一位研究者发现，这位研究者阅后不能确定文中所描写的是现实世界的麟爪，还是纯属虚构。她没有反问自己文本所述是否属实，而是自得其乐地重建起一个宇宙，一座未经证实的（或许是想象的）城市中的屠宰场的宇宙。接着这位研究者又在米兰屠宰场的资料室里发现这篇文章的复本，复本上有多年前屠宰场管理者的眉批：“注意，这是完全真实的描写。”如此一来，加达的文本就成了现实世界里一个确实存在的地方的忠实记录。博诺米的论点是，研究者虽然必须改变她对文本性质的看法，但却不需重新读一次。文本所描写的世界，那个世界里的居民，其特性都跟我们的现实世界是相同的；研究者只需将那个描述放在现实世界的地图位置上即可。如博诺米所说，“为了理解报道内容所描写的事件状况，我们不需以真假类别来加以区分”。

这不是一个常识性的结论。事实上，我们在聆听或阅读任何口头或书面报告时，通常会假定说话者或写作者希望我们当真，所以我们也准备好以真和假的标准来作出评估。同样地，我们普遍认为，只有在一些例外的情况下——譬如说有虚构信号出现时——我们才会悬置怀疑，安心进入一个想象的世界。加达文本的思维实验却得出恰恰相反的结论：当我们听到某人在某地发生某事的一连串叙述时，我们先是会顺应配合，建构起一个拥有某种内在连贯性的宇宙，要到后来才会采取某种态度，决定把它当作现实世界或是想象世界的描述。

这就引发出一个许多学者都曾讨论过的概念区分，即**自然的**（natural）与**人工的**（artificial）叙事。[4] 自然叙事描写真实发生的事情（包括说话者有意欺瞒或误信为真），比如记下昨天发生在我身上的事情，比如新闻报道，甚至吉本的《罗马帝国衰亡史》也是。而人工叙事当然以小说为代表，**假装**所讲的是真实宇宙的事实，或宣称所讲的是虚构宇宙的真相。

我们通常可以通过“副文本”来识别出人工叙事——也就是围绕文本的外在信息。虚构叙事典型的副文本信号就是书籍封面上指明的“小说”（A Novel）。有时作者的名字也能起同样的作用，因此19世纪读者看到书名页印着“作者威弗利”就知道错不了，这是部小说。最明显不过的虚构文本信号（我指内文的），是诸如“从前从前”之类程式化的介绍。

不过事情不会像理论观点一样简单明晰。就以1940年一桩历史公案，奥逊·威尔斯*谎报火星人来袭的广播事件来说吧，导致民众误信与恐慌的原因，是部分听众相信所有广播新闻都是自然叙事，而威尔斯则认为他已经为听众提供了充分的虚构信号。不过很多听众是在节目开始后才收听，有的则是听不懂虚构信号，就将广播内容转移到现实世界里去了。

我一位朋友乔治·切利（Giorgio Celli）是位作家和昆虫学家，有次他写了篇关于完美谋杀的短篇小说，他和我都成了故事中的角色。切利（虚构人物）在一管牙膏里注入一种吸引黄蜂动情的化学成分，艾柯（虚构人物）以这管牙膏刷牙，唇上带着些许残留上床睡觉，结果招来一大群发情的黄蜂往他脸上猛叮，可怜的艾柯就

* 威尔斯（Orson Welles，1915—1985），美国电影导演、作家、演员。

这么被螫死了。这篇故事发表在博洛尼亚《找零报》的第三版上，不晓得你们知不知道，意大利报纸的第三版通常为文学艺术版，至少到数年前还是如此，出现在左手边的专栏名称为*Elzeviro*，通常不是评论、散文，就是短篇故事。切利的短篇故事以文学特稿的方式见报，名为《我如何谋杀了安贝托·艾柯》。该版编辑显然相信一个基本假设：读者知道报纸上登载的消息都经审慎处理过，只有文学版例外，应该被，或可以被当成人工叙事的例子。

那天早晨我走进家附近一家咖啡店，侍者们以松了一口气的兴奋表情向我致意，原来他们以为切利真的谋杀了我。我认为会发生这样的事，是因为他们的文化素养不足以理解新闻规范所致。那天稍后我碰巧遇到任教学校的院长，此人学养丰富，当然熟谙文本与副文本、自然叙事与人工叙事之间的不同。他告诉我，早晨读报时曾大吃一惊。虽然很快就恢复镇静，但这样的标题出现在报纸上——按理，在这种文本框架中叙述的应是真人实事——一时间确实令他转不过脑筋来。

有人说人工叙事辨认得出来，是因为它比自然叙事复杂得多。但任何界定自然叙事与人工叙事结构异同的尝试，也多半能被一堆反证推翻。比如说，我们可以将小说界定为对故事中的人物从事某些行动或参与某些经历的叙述，这些行动与随之发生的情感把人物从初始状态带到最终状态并使之发生改观。但这样的定义也可以用在严肃又真实的故事上，比如“昨夜我饿了，出去吃东西，我点了牛排和龙虾，吃完后觉得很满足”。

如果我们再加上，这些行动必须难度很高，还得面对曲折离奇的抉择等，我相信菲尔茨先生*一定能揣摩出一套表演方式，面对牛排还是龙虾的艰难抉择时痛苦不堪，接着再漂亮地解决自己身处的窘境。我们不能说《尤利西斯》中的人物所面临的抉择比我们日常生活中所面临的要戏剧化得多，即便亚里士多德定律也不足以界定虚构作品（根据这些定律，“故事主人公既不能比我们好也不能比我们差，必须经历曲折的追寻认知，受到命运变化无常的支配，直到行动达到灾难性的高潮，和随之而来的净化”），事实上普鲁塔克的《希腊罗马名人传》

---

* 菲尔茨（W. C. Fields，1880—1946），美国著名喜剧演员，擅长嘲讽及装腔作势的幽默角色。

中也有不少符合这些要件。

能使虚构性昭然若揭的，是文本中对不可考细节的加强描绘，以及内在思维的插入，因为没有任何历史报道能提供这样的“写实效果”。罗兰·巴特曾引述过米什莱[*]所著《法兰西史》里的一段话（第五册《大革命》，1869年），作者采用这样的虚构手法来形容夏洛特·科黛入狱的情形：“一个半小时后，有人在她身后的小门上轻轻敲着。”[5]

至于那些明确的虚构信号，是绝不会在任何自然叙事性文本的开场白里读到的。因此，尽管萨莫撒塔的吕西安[†]作品名为《真实故事》，我们也应该把它视为虚构，因为作者在第二段里清楚道出，“我以真实可信为幌子，写尽满纸谎言”。同样地，菲尔丁[‡]在《汤姆·琼斯》的开场白里警告读者他要写的是部小说。另一种典型的虚构性标志，是故事开端对真实性作出声明时那种虚设的语

---

* 米什莱（Jules Michelet，1798—1874），法兰西民族主义暨浪漫主义历史学者，最重要的著作即为《法兰西史》。

† 萨莫撒塔的吕西安（Lucianus of Samosata，120—180），希腊修辞学家，重要著作为《诸神的对话》、《死者的对话》。

‡ 菲尔丁（Henry Fielding，1707—1754），英国小说家、剧作家，英国小说先驱人物。

气。比较这两个开场白的例子：

> 最博学的兄长们那正直而坚持的要求提示我……我反问自己为什么现今没有人能以任何文学形式撰写编年史，好让我们能传诸后代一份记载着发生在神的殿堂和人与人间的诸多事件，值得传颂的事件的报告。

> 亨利二世在位的最后几年，法兰西展现了前所未见的灿烂辉煌和侠骨柔情。

前一段出自鲁道夫·格拉贝*的《编年史》开场白，后一段则是拉斐特夫人†所写的《柯莉芙公主》开场白。注意，后者长篇大论了好几页才告诉读者，这是部小说的开场白，不是编年史的。

---

* 格拉贝（Rodulfus Glaber，985—1047），法兰西编年史家。

† 拉斐特夫人（Madame de Lafayette，1634—1693），法国作家，善于与社交名流周旋，攀附权贵，作品揭示社会中产阶级意识的萌芽。《柯莉芙公主》完成于 1678 年。

1968年8月16日那天，有人递给我一本署名华勒神父所著的书……书中附录着一些内容贫乏的史料，据称是某部14世纪手稿的忠实复本。

恺撒看到某些面生的有钱人臂弯里抱着小狗和初生猴儿，抚弄着它们，他问（据说）他们的女人生孩子吗？

第二段开场白看起来像虚构，其实是普鲁塔克《伯利克里斯传》的起首，第一段则是我的小说《玫瑰的名字》起首。

任何人的历险故事如果值得公诸于世，出版后又反应良好，编者会认为实至名归。此人一生的传奇色彩优于所有（他认为）其他将流传于世的……编者相信这是公允的史实，没有虚构的成分。

我们的读者大概不介意我们借用此机会，以轻描淡写之笔，介绍这位最伟大的国王，在当世因血缘关系生而继承皇统；我们恐怕不能将如此源远流长兼且变故多端的故事节缩在限定的篇幅里。

第一段摘自《鲁宾逊漂流记》开场，第二段则是麦考利[*]论腓特烈大帝论文的开场。

我开始记述一生的故事时不能不首先提及和蔼的双亲，他们的人格和慈爱对我的教育与一生幸福影响至巨。

虽然不欲在火炉边对朋友多谈我个人及我的私事，但想写自传的冲动一生中有两次盘踞在我心灵，而且在公开场合谈及，这点颇令我惊异。

第一段是加里波第[†]回忆录的开场，第二段则是霍桑小说《红字》的开场。

清楚的虚构信号确实存在，这毫无疑义。举例来说，

---

* 麦考利（Macaulay），英国历史学家。
† 加里波第（Giuseppe Garibaldi，1807—1882），意大利民族统一运动著名领袖。

in medias res 式的开头法，一个开场的对话，偏重的多是个人故事而非整体的故事，其中尤其清楚的是随即出现的反讽信号，例如在罗伯特·穆齐尔*的小说《没有个性的人》里，起首是对气候的冗长描述，充满了术语：

> 大西洋的上空出现低气压，向东移来，笼罩俄罗斯高压地区，没有迹象显示会向北移动。等温线和等湿线发挥了作用，大气温度和年均温维持均势。

穆齐尔继续写了半页后下结论：

> 简而言之，套句有点过时但颇为适切的话来形容天象：这是 1913 年一个美丽的八月天。

只要找到一个不具备这些特性的小说作品（其实我们可以提供几十个例子），就足以辩称完全清楚的虚构信

---

* 穆齐尔（Robert Musil，1880—1942），奥地利作家，未完成的《没有个性的人》为其最重要的作品，书中作者化身为乌里希（Ulrich），记述奥匈帝国的辉煌盛世，和世代交替的新旧冲突。

号并不存在，但是，一如我们稍早说明的，解释性的副文本元素会随即出现。

在这种情况下，通常发生的事情是读者不会决定进入一个虚构世界，他根本就在这个虚构世界里。过了一阵，他会开始意识到这一点，并决定将发生的一切当作一场梦。诺瓦利斯*说过："你梦到自己在做梦时，就差不多快醒了。"但这种半睡状态——《西尔薇娅》的叙述者就在这种状态中——提出了许多问题。

小说中，精确参照现实世界而写的细节彼此间环环相扣，因此在小说世界里待上一段时间，将虚构元素与现实对照混合之后（读者本该如此），读者已经不知道他或她身处何境了。这种状态引发了一些著名的现象，最常见的是读者将虚构典型移植到现实世界中去——换句话说，就是读者相信虚构人物和事件真的存在。很多人相信而且至今仍然相信真有福尔摩斯其人，就是众多例子中最为知名的。如果你曾和乔伊斯迷一起走访都柏林，你会发现，对你或书迷而言，非常难将实际城市与乔伊

* 诺瓦利斯（Novalis，1772—1801），18 世纪晚期日耳曼浪漫诗人，对后世浪漫主义思维影响至巨。

斯笔下的分开来看，现在已经有学者将乔伊斯参考的原型人物考据出来，两者合并观之就更容易了。当你沿着运河散步，或爬上马泰罗塔时，格高帝和林奇或者克兰里，年轻的乔伊斯和斯蒂芬·迪达勒斯，就开始在脑海中混淆不清了。

谈及奈瓦尔时，普鲁斯特曾说“在火车指南上读到‘庞塔美’（Pontarme）这个站名时，背脊不由得一阵发麻”[6]。普鲁斯特知道《西尔薇娅》是一个人梦中做梦的故事，他也梦到瓦卢瓦（确有此地）和少女，而且忽发奇想，想在梦境中找到她。

把虚构人物当真也会制造一种不寻常的互文性：一部小说作品中的人物出现在另一部小说作品中，作为一个真实的信号出现。在罗斯丹的《大鼻子情圣》（*Cyrano de Bergerac*）第二幕结尾，一位剑客向男主角西拉诺致意，他的名字正是达达尼昂。达达尼昂此处的出现旨在证明西拉诺故事的真实性，其实达达尼昂只是历史上一个小人物，通过大仲马才为世人所知，而西拉诺才是著名的作家。

当虚构人物开始在一部又一部的文本里出现时，他们等于在现实世界里取得了公民权，把自己从创造他们的故事里解放了出来。

我一度想出这样的点子写小说（因为后现代叙述已经使读者适应了所有后设小说的恶形恶状）：

> 维也纳，1950 年。二十年过去了，山姆·斯佩德还是没有放弃寻找马尔他之鹰*。他现在的联络人是哈里·赖姆†，他们此刻正高挂在普瑞特摩天轮上秘密会谈，落地后步行到莫扎特咖啡馆，山姆拿起七弦琴弹奏《时光流逝》。后面一桌坐着里克，嘴角叼着雪茄，脸上浮现一抹苦涩的表情。他在乌嘉特出示他的报告上发现一丝线索，此刻正拿乌嘉特的照片给山姆·斯佩德看。"开罗！"这位侦探喃喃念着。里克继续报告：他以戴高乐解放军成员身份和雷诺上校乘胜进入巴黎时，听闻到某位龙女士

* 《马尔他之鹰》（*The Maltese Falcon*），黑色电影滥觞，1941 年上映，约翰·休斯顿的处女作，由亨弗利·鲍嘉饰演侦探山姆·斯佩德。马尔他之鹰是 16 世纪时马尔他圣殿骑士献给西班牙王的镶满珠宝的金鹰。

† 哈里·赖姆（Harry Lime），电影《黑狱亡魂》（*The Third Man*）中的人物，由奥逊·威尔斯饰演，影片讲述二战后维也纳经济瘫痪、社会腐化的情形。

的令名，据说是西班牙内战时暗杀罗伯·荷丹的刺客，秘密组织在她身上装上鹰的追踪器，她应该随时会出现。门开了，一个女人现身，里克脱口喊道“伊尔莎！”山姆·斯佩德喊道“布丽姬！”赖姆喊道“安娜·史密特！”山姆大声说：“思嘉小姐，你回来了！别再让我老板受苦了。”*

咖啡馆外暗处冒出一个脸上带着嘲弄笑容的人，是菲利浦·马罗†，他对女人说：“我们走吧，玛波小姐，布朗神父在贝克街上等我们。”

让虚构角色拥有文本外的真实人生何曾容易过？这不是所有虚构角色的命运。卡冈都亚、唐吉诃德、包法利夫人、高个子约翰‡、吉姆老爷、波沛（福克纳笔下的或漫画小说里的）都不是这种命运，福尔摩斯、悉达多、利奥波德·布鲁姆、里克·布莱恩才是。我相信角色在文本外与文本内的生活，和Cult§ 现象是一致的，一部电影

---

* 此处指不同作品里的人物同时出现，各自呼唤他们所处世界里的女性角色。
† 钱德勒（R. T. Chandler）系列侦探小说的主人公。
‡ 高个子约翰（Long John Silver），史蒂文森《金银岛》里的独脚水手。
§ Cult，属于非主流领域却能在特定族群中被狂热崇拜。

为什么会成为 Cult 电影？一部小说或诗作为什么会成为 Cult 书被狂热崇拜？

不久前，在解释《卡萨布兰卡》为何会成为一部 Cult 电影时，我提出过这样一个假设：造成狂热崇拜的一个因素正是作品的“脱序性”（disjointedness）。当然这个字眼也可以被解释成脱臼、混乱，需要做进一步的阐释。现在众所周知，《卡萨布兰卡》拍摄期间，没有人知道故事到底会怎么收尾，英格丽·褒曼在银幕上看起来如此神秘迷人，因为拍戏时她根本不知道自己最后会选择谁，只好对两位男主角都绽放甜美含蓄的笑容。我们同时知道，为了赶写剧情，编剧用上了所有电影和小说史上的陈腔滥调，可说集滥调之大全，供影迷观赏。就此点而言，这部电影可说是组合“原型”（archetype）的工具箱。《洛基恐怖秀》* 从某方面看也有同样情形，正因为缺乏形式，可以无止境地变形、脱序，而成就了一部出类拔萃的 Cult 电影。我们应该注意到，T. S. 艾略特在

* 《洛基恐怖秀》（*The Rocky Horror Picture Show*），崛起自伦敦小剧场，经好莱坞拍成电影的音乐剧，剧中集科幻电影、惊奇漫画、摇滚音乐等刻板印象人物之大全。

一篇著名的文章中大胆提出，这正是《哈姆雷特》成功的原因。

艾略特的论点是，《哈姆雷特》由三个不同的故事来源混合而成，其中主题是复仇、时机一再延误，肇因于刺杀卫侍环绕的国王谈何容易，而装疯是哈姆雷特逃过怀疑的刻意且有效的方法。但是莎士比亚在处理王后面对儿子的罪恶感时，则无法成功地将他的主题强加在“难以驾驭”的故事素材上，因此“延误复仇的理由就没有得到基于必要性或权宜性的合理解释，而装疯只会使国王起疑，而非瞒过他的耳目……认为《哈姆雷特》读起来有趣而觉得是部好作品的人，大概比认为这是部艺术力作而觉得读起来有趣的人多，这部作品算是文学里的《蒙娜丽莎》吧”。[7]

累世以来，圣经对于广大读者的吸引力正归功于其脱序性，造成这种脱序的原因则是它是经由多位作者润饰增添而成的。《神曲》则毫不脱序，但因其结构复杂，出场人物众多，事件驳杂（套句但丁的话，关乎天上人间，无所不容），所以每句话都能单独拆解下来当咒语或助长记忆的工具使用。有的狂热分子甚至拿来当做消磨时间的游戏，就像中世纪时维吉尔的《埃涅阿斯纪》被用作预测及占卜的手册，和诺查丹玛斯的预言集《诸世纪》命运一样（这也是彻头彻尾脱序但成功的最佳范例）。《神曲》可拆解，《十日谈》却不行，因为每则故事都需整体观之。一部作品能被拆解到什么程度，无关乎其美学成就。《哈姆雷特》依然引人入胜，就连艾略特也不能说服我们少爱它一些，我也不相信《洛基恐怖秀》的痴迷者会将其与莎士比亚的崇高相提并论。《哈姆雷特》和《洛基恐怖秀》都是狂热崇拜的对象，前者“可脱序”，后者甚至脱序到可容各种互动玩法加入。一座森林想要茁壮成圣林，必须像德鲁伊人的森林一样纠缠混生，而不是法国庭园般井然有序。

有许多理由可以把虚构作品映射到现实人生中。不过我们也应该思考另一个更重要的课题：我们建构人生如小说的倾向。

根据犹太-基督教关于世界起源的神话，亚当命名了众生万物。长久以来，人类在寻找完美的语言时（这将是我下一部书的主题），不断尝试重建亚当那种按照万事万物的性质为其命名的语言。有好几个世纪，人们坚信亚当发明了一种命名法——也就是一个精确的命名表——包含各个“自然物种”的名字，以便他给马、苹果或橡树贴上“真正的”的标记。17 世纪时弗朗西斯·洛德威克（Francis Lodwick）提出物种原始的名字源自于动作而非实体，换句话说，起先并无饮者或饮品的名字，只有“饮”这个动作的名称，洛德威克宣称是从动作的领域衍生出行动者（饮者）、物体（饮品）和地点（饮酒屋）的名字。洛德威克的论点是今日“格语法”（case grammar）理论的鼻祖（肯尼斯·伯克*为此理论的先驱人物），根据这个理论，我们对文中某个术语的理解，是由上下文的指示所启发的：“应该有一个媒介，一个相对的媒介，一个目的，诸如此类。”简言之，我们读得懂文句，是因为有能力想象这些文句涉及的小故事，即便它们是在命名某种自然物。

在柏拉图的《克拉底鲁篇》† 里可以发现类似的想法：一个词表现的不是物件本身，而是动作的来源或结果。

---

* 伯克（Kenneth Burke，1897—1993），美国文学评论家。

† 《克拉底鲁篇》（“Cratylus”），又译《论正名》，以询问名称的起源和性质的方式对命名进行了探讨。

朱比特*的所有格形式是 Dios，因为这个原始的名词表达的是众神之王的惯常活动——也就是 di'on zen，“生命的赋予者”。同样的，anthropos（“人类”）这个词被视为一个早期语法结构的讹传，原意是“有能力重新思考所见之物者”。

那么我们可以说，亚当并不是把老虎（打个比方）作为个别的自然物种而加以辨识的。他辨识的是具有某些形态特征的特定动物，观察它们的动作类型，跟其他动物及所处自然环境的互动关系。于是他主张，这个物体（通常在某些特定环境中出现，针对某些相对物体而行动，目的是获取某项标的物）只是故事的一部分——故事与物体密不可分，物体对故事而言也不可或缺。只有在这个世界-知识的舞台上，“行动中的 X 物体”才可以被标上“老虎”这个名字。

现今，在人工智能领域里，专家们以“框架”(frames）这个词来表示动作设计（例如走进餐厅、到车站赶火车、打开一把雨伞等）。电脑一旦学会这些设

* 朱比特（Jupiter），罗马天神，地位等同于希腊神话里的宙斯。

计，就能理解各式各样的情境。心理学家如杰罗姆·布鲁纳*等则主张，我们记录日常生活的经验，同样是以故事的形式，[8]记录历史（historia rerum gestarum，即对过去真实事件的叙述）时亦复如此。亚瑟·丹托（Arthur Danto）曾说“历史讲述故事”，海顿·怀特（Hayden White）提及“历史是文学的加工品”。[9]葛雷马斯（A. J. Greimas）整套符号学理论都建构在“叙事句法的执行模式”（actantial model）上，这是一种呈现每一个符号过程最深层结构的叙事骨干，因此“叙事是……所有话语的组织原则”。[10]

我们与整个世界之间的感知关系能够存在，是因为我们相信先前的故事。如果不知道一棵树要历经漫长的生长过程，而非一夜之间枝繁叶茂（因为我们听别人这样说过），我们就无法充分了解这棵树。这种确定性是我们“理解”的一部分，理解一棵树之所以是一棵树，而不是一朵花。我们接受祖先传下来的故事，将之视为事实，虽然如今我们把他们叫做科学家。

* 布鲁纳（Jerome Bruner，1915—2016），美国当代心理学家、教育家。

没有人只活在当下的瞬间；多亏了记忆的连贯性，不管是个人的记忆还是集体的记忆（历史和神话），我们才能将事物和事件连接起来。因为我们有往事可依，在说“我”这个字的时候，才不会质疑自己作为个人的自然延续性，这个人（根据父母所述和户籍记载）生于某时、某日、某年、某地。我们活在两种记忆里（个人记忆使我们记得昨天做了什么事，集体记忆使我们记得母亲是在何时何地出生的），而且经常混淆这两种记忆，好像我们曾亲睹母亲（和恺撒大帝）的出生，一如我们曾身历其境“目睹”自己过往的经验一般。

个人记忆与集体记忆的混淆拉长了我们的生命，它使人得以穿越时空回到过去，像是得到某种不朽的允诺。当我们通过长辈讲的故事或是书本参与这些集体记忆时，就好像博尔赫斯凝视着神奇的“阿莱夫”（Aleph），希伯来文的第一个字母——那里包含着整个宇宙：于是在这短短一生的旅途中，我们可以在一阵冷风拂过圣赫勒拿岛时与拿破仑一起颤抖，在阿金库尔战役大获全胜之后与亨利五世一起欢呼，或在布鲁图背叛谋刺时和恺撒一起痛苦。

由此，虚构故事何以吸引我们就不难理解了。它给了我们自由自在地运用自己官能的机会，让我们想象这个世界，重建过往。小说和游戏具有一样的功能。孩童在玩耍中学习如何生活，因为他们在模拟长大后会遇到的情况。而通过小说，成年人锻炼了自己整理过去和现在经验的能力。

可是，如果叙事活动与我们的日常生活关系如此密切，难道不会导致我们把生活当成虚构作品来诠释，或者在诠释现实时带入虚构元素吗？

我想举个颇为尴尬的事例，故事所本纯属虚构，但不幸却始终被许多人视为史实。

这个故事缔造的过程源远流长，始于14世纪初，当时美男子腓力（Philip the Fair，即腓力四世）一举歼灭了圣殿骑士团*，从那时起坊间就开始流传无数残余教团秘密开展活动的故事，时至今日我们仍能找到几十部有关

* 圣殿骑士团（Templars），成立于12世纪初的基督教军团，13世纪时在欧洲拥有强大的军事力量，聚集无数财富，势力遍及欧洲各大城市；14世纪初法兰西国王腓力四世经过十年战争国力重创后，展开驱逐犹太人、抄查财产的行动，1307年指控圣殿骑士团为异端和道德沦丧的象征，大肆逮捕残害。1314年大团长莫莱被捕遭火刑后，圣殿骑士团逐渐消声匿迹，后来共济会奉其为前身。

这个主题的新书，通常放在标着“新世纪”的书架上。

17 世纪时另一个故事诞生了，也就是“玫瑰十字兄弟会”（Rosy Cross），相关叙述首见于《玫瑰十字兄弟会宣言》（1614 年的《兄弟会的传说》〈*Fama fraternitatis*〉和 1615 年的《玫瑰十字会宣言》〈*Confessio roseae crucis*〉），宣言的作者或作者们身份不明，不见于正史，因为那些据称是作者的人均予以否认。宣言引起了那些相信兄弟会存在以及热切希望加入其中的人们层出不穷的活动。其实除了少数暗示之外，没有人承认过自己是兄弟会会员，一则因为这是秘密结社，一则也因为玫瑰十字会的作者们一律矢口否认他们是十字会成员。由此可见，日后那些宣称自己属于玫瑰十字会的人肯定都不是。结果就是，不仅找不到任何能证明玫瑰十字会存在过的史料，而且就事论事根本不可能有。17 世纪时海因里希·纽豪斯（Heinrich Neuhaus）以一种奇特的论调宣称能“证明”他们存在过：“就因为他们隐姓埋名、隐瞒年龄，自行入会后来去无踪，无人能指认，有理性的人很难否认他们必然存在过。”（《玫瑰十字会存在的终极证明》，但泽，1618 年）尔后几世纪里，后继者缔结了无数的秘密组织，宣称是最初的玫瑰十字会唯一真正的衣钵传人，拥有如假包换的文件——这份文件当然不能示人，因为事属机密。

18 世纪时，一个共济会法兰西分会，名为苏格兰共济会（Scottish Freemasonry，也以圣殿骑士团和神秘共济会知名*），开始参与到这个虚构进程中来。苏格兰共济会成员不仅考据出他们的始祖是所罗门神殿的建造者，更宣称神殿建造者与圣殿骑士有关，而圣殿骑士的秘密传统乃是经由玫瑰十字会的静修传承下来。这些秘密组织，以及神龙见首不见尾的统领世界命运的"佚名长老"（Unknown Superiors），是法国大革命前夕最热门的话题。1789 年卢榭侯爵（Marquis de Luchet）警告世人："在最深沉的黑暗里，一个组织已经形成，孕育着全新的人类，彼此从未谋面却如此熟悉对方……他们承袭耶稣会绝对服从的戒律，吸收共济会的考验和仪式，发扬圣殿骑士团神秘而大无畏的精神。"（《论光明会》，1789 年）

* 共济会（Masonry），早期秘密结社，起源已不可考，会员分三级，初级为入门学徒，只懂得一点识别同门的切口与标志；第二级为同工，知道略多，第三级为司教，共济会的秘密就由司教共同保守并流传后世。后来英国发展出自由共济会（Freemasonry）传扬各地。

1797至1798年间，修道院院长巴吕埃尔（Abbé Barruel）为记录法国大革命，写了本《雅各宾史遗事》，原意为史实载籍，读起来却像廉价小说。全书想当然地以讨论圣殿骑士团起始，在他们的大团长莫莱（Molay）被烧死以后，骑士团据云转化为一个秘密组织，誓言摧毁罗马教廷和所有君主政体，缔造共和世界。18世纪时他们接管共济会，创办了某个学会（其中的邪恶分子有伏尔泰、杜尔哥、孔多塞、狄德罗和达朗伯*）；他们也是创设雅各宾党的人，但是雅各宾党徒受制于更秘密的组织，即巴伐利亚的光明会（Illuminati of Bavaria）——神召弑君者。根据巴吕埃尔的论调，法国大革命成了一个源远流长的阴谋的最终目标。

就连拿破仑也索阅过这些秘密异端的报告。报告作者为查尔斯·德·贝尔克南（Charles de Berkheim），此人

---

* 伏尔泰（Voltaire，1694—1778），法兰西最伟大的作家，以反暴政、盲从、残酷等理念著称，幽默机智的作品具体呈现法兰西式思维。杜尔哥（Anne-Robert-Jacques Turgot，1727—1781），路易十六时代的财务大臣，着有《财富论》。孔多塞（Marquis de Condorcet，1743—1794），法兰西启蒙主义时代哲学家，鼓吹教育改革。狄德罗（Denis Diderot，1713—1784），法兰西学者，《百科全书》主要编者，为启蒙时代最重要的著作。达朗伯（Jean Le Rond d'Alembert，1717—1783），法兰西数理学家。

的作为跟间谍和告密者如出一辙，从公开来源取得资料，再当做珍秘内幕呈献给拿破仑，其实这些内容拿破仑都可在卢榭侯爵和巴吕埃尔书中读到。报告中说有一个佚名长老组织，其能力足以统治全世界，拿破仑显然对这惊人内幕深感兴趣，想方设法寻求加入。

巴吕埃尔的《遗事》并未载入任何犹太人的相关资料，1806 年时他接获一位西蒙里尼船长（Captain Simonini）的来信，指称摩尼（Mani，摩尼教创始者）和“山中老人”（秘密暗杀教团的最高领导人，据说早期与圣殿骑士团结盟，声名狼藉）是犹太人，共济会由犹太人创办，犹太人已经渗透进了所有现存的秘密组织。西蒙里尼的信似乎是由警察局长约瑟夫·傅榭（Joseph Fouch）手下的间谍捏造的，傅榭担心拿破仑会因政治理由而与法兰西犹太社区接触。

巴吕埃尔很忧惧西蒙里尼揭露的事，据说私下曾透露，如果公开此信会使犹太人遭到大屠杀的命运。不过，他还是写了篇文章，文中表示同意西蒙里尼的观点，此文虽被他毁弃，但谣言已不胫而走，暂时虽无风吹草动，但到 19 世纪中叶，效果逐渐显现，此时耶稣会教士饱受意大利复兴运动（Risorgimento）中反教权的神父如加里波第等人的攻击，这些神父与共济会关系密切。为了有效反击，他们不惜宣称意大利烧炭党*是犹太共济会阴谋的爪牙。

19 世纪时，反教权人士也同样诋毁耶稣会†会众，揭露他们阴谋为害人类的野心，许多“严肃”作家（从米什莱、基内‡，到加里波弟、焦贝蒂§）都口诛笔伐过，其中鼓吹这种言论最有影响力的则是小说家欧仁·苏，在他的小说《流浪的犹太人》里，邪恶的罗丹先生是耶稣会众阴谋的化身，显然形同佚名长老的戏剧化版本。在苏的最后一部小说《人之谜》里罗丹先生再度现身，这时耶稣会邪恶的计划已经曝光，犯罪细节巨细靡遗记录在一份文件里，由教众首领卢善安神父（历史人物）呈递给罗丹（虚构人物）。苏在其小说《巴黎之谜》里还杜撰

---

* 烧炭党（Carbonari），19 世纪初叶意大利一个宣扬自由与爱国思想的秘密组织，开启了复兴运动的先机，使得意大利在 1861 年时得以统一。

† 耶稣会，圣罗耀拉所成立的罗马天主教组织，推动教育、传教与慈善工作，在历史上评价两极化，有的惧惮其势力，有的崇扬其理想。

‡ 基内（Edgar Quinet，1803—1875），法国诗人、历史学家，对法国自由主义的发展很有贡献。

§ 焦贝蒂（Vincenzo Gioberti，1801—1852），意大利学者、政治家，作品促成意大利的统一。

了另一虚构角色，杰罗斯坦的鲁道夫。这本书受到疯狂喜爱，以至于成千上万的读者写信给书中人物。故事讲述杰罗斯坦设法拿到这份文件，阅后表示“狡狯的地狱阴谋已经就绪，一旦成功，将会陷欧洲和全世界于水深火热之中，惨遭恐怖奴役和暴政肆虐”。

1864 年苏的小说问世后，某位莫里斯·若利（Maurice Joly）写了本自由主义色彩浓厚的小册子抨击拿破仑三世，其中马基雅维利以讥刺独裁者的口吻和孟德斯鸠对话。由苏精心构思的耶稣会阴谋，连同“为了正当目的可以不择手段”之类的一贯指控，这时都归咎到拿破仑头上。我注意到，这本不少于七页的小册子，即使不是抄袭，也充斥着明里暗里引述自苏的词句。若利以其反帝言论被补下狱，服刑十五个月，不久后自杀身亡。若利就此下台，不过待会儿我们还会碰上他。

一位曾出版过谬误百出、以诽谤为能事的政治小册子的日耳曼邮政人员赫曼·格德舍尔（Hermann Goedsche），在 1868 年以约翰·瑞特克里夫爵士（Sir John Retcliffe）的笔名写了部畅销小说《比亚里兹》(*Biarritz*)，内中叙述一场在布拉格某处墓园举行的神秘祭仪，祭仪中卡廖斯特罗（Cagliostro，位阶最崇高的佚名长老）和谋策“钻石项练”计划的光明会成员会面，这场聚会大仲马在《约瑟夫·巴尔萨莫》（*Joseph Balsamo*，1849 年）中已有叙述，不过格德舍尔的重点不在卡廖斯特罗和其教众，反而重新布局，安排以色列十二个部族代表会面，密商犹太人征服全世界的大计，计划详细内容书中前段已经由犹太教大祭司揭示。五年后，同样的故事再为一本俄国小册子所采用，名为《犹太人，世界之主》，但读起来像篇真实报道。1881 年法兰西《当代》杂志重刊同样的故事，宣称消息来源绝对可靠，是英国使节约翰·瑞德克里夫爵士（Sir John Readcliff）所透露。1896 年布尔南（Francois Bournand）在其著作《今之犹太人》（*Les Juifs, nos contemporains*）中引述犹太教大祭司的详细计划，并称大祭司之名为约翰·瑞德克里夫（John Readclif），从此以后，大仲马杜撰的会面情节，苏加油添醋的莫虚有计划，再由若利栽赃到拿破仑三世头上，坐实了大祭司密谋的真实性，在其他好几本书中都可读到。

故事尚未划上句点。时序进入 20 世纪，出现了一个俄国人拉赫考夫斯基（Peter Ivanovich Rachkovsky），此人非虚构，但比虚构人物还精彩，曾因与左派革命分子有瓜葛而入狱，后来摇身一变为警察线人，加入极右翼恐怖组织“黑色百人团”* 高层，最后竟被任命为沙皇的政治警察组织奥克拉那（Okhrana）的头子。拉赫考夫斯基为协助提拔他的怀特伯爵对抗政治对手德·西昂（Elie de Cyon），率员搜查德·西昂的家，发现一本德·西昂手抄若利痛责拿破仑三世的册子，但经“修正”过，想把同样的罪因归咎到怀特头上。拉赫考夫斯基像所有“黑色百人团”的成员一样，痛恨犹太人，当时刚好又发生德雷福斯事件†，他根据旧版本重拟新内容，将牵涉到怀特的部分删掉，由犹太人来承担阴谋罪名，西昂之名则改为“锡安”（Zion）谐音，他认为由一个犹太人来谴责犹太阴谋应该具有很高可信度。

拉赫考夫斯基杜撰的内容，可能是《锡安长老议定

* “黑色百人团”，1905 年在俄国成立的反革命、反犹组织。

† 德雷福斯事件（Dreyfus affair），法兰西第三共和国的政治危机，陆军上尉德雷福斯（犹太裔）被诬控叛国，全法陷入支持与反对两个阵营，缠讼十二年，牵连无数，1906 年时终于获判无罪。

书》[*]的最初来源，此章程明显为虚构，因为议定书中长老竟恬不知耻地自道他们邪恶的计划，这些写在苏的小说里可能颇具说服力，但现实生活中如果有人如此厚颜行事则令人难以置信。长老坦承 ："我们野心无穷，贪得无厌，绝不心软，着手报复，我们苦大仇深。"根据艾略特的研究，以《哈姆雷特》为例，叙事来源过于多样，会使文本出现互相矛盾的现象。

长老在《议定书》里计划废除出版自由，鼓励放荡行为，他们批判自由主义，但赞成跨国合作，鼓吹每个国家都应有革命，但为了煽动群众他们主张恶化不平等现象，计划建设地下铁路作为挖空大城市的手段。他们宣称为达目的可以不择手段，倾向反犹太主义，旨在控制犹太贫苦大众，并使非犹太人（Gentiles，即犹太人所指的异教徒）在面对犹太悲剧时心肠软化。他们呼吁废止经典和古代史的学习，另设体育和视觉教育（即是透过影像学习的教育）以愚化工人阶级，凡此不胜枚举。

---

* 《锡安长老议定书》（*Protocols of the Learned Elders of Zion*），20 世纪初期一份伪文件，诬指出自于 1897 年时在瑞士巴塞尔举行的二十四次会议，会议中犹太教徒和共济会成员阴谋腐化基督教文明，建立一个联合执政的新世界，谋反不成则破坏欧洲所有大城市。

学者们早已注意到，《议定书》显而易见是19世纪法国的产物，因为其中充斥着世纪末法国某些事件的指射（诸如巴拿马丑闻，犹太股东现身巴黎地铁公司的谣言，等等），此外也不乏取材自各名家作品的痕迹。哎呀，这个故事再度以如此逼真的叙事呈现，要读者不当真也难。接下去就是真的历史了：一位俄国游方教士名唤尼卢斯（Sergei Nilus）的，此人行事怪异，仿佛半先知半恶棍，脑中早就存了个反基督的念头，为了达到成为沙皇精神导师的目的，他另写前言重新出版《议定书》，结果这本册子游遍全欧洲，最后辗转落入希特勒的手中，接下来的历史不用我说，你也知道了。[11]

难道没有人发现如此惊人的罗织（见附图14）是部虚构作品吗？当然有，至少1921年时伦敦《泰晤士报》发现若利小册子的旧刊本，惊觉是《议定书》的来源，但对想在恐怖小说中继续活下去的角色而言，证据不足。1924年时一位致力证明佚名长老和犹太阴谋存在的韦伯斯特女士（Nesta Webster），写了一本叫做《秘密组织与破坏运动》（*Secret Societies and Subversive Movements*）的书，她掌握全盘资料，知道《泰晤士报》所揭发的事，也清楚尼卢斯、拉赫考夫斯基、格德舍尔等人的来龙去脉（但不知道大仲马和苏与此事的关联，这是我的独门研究），结果她下了如此的结论："我认定的意见只有一个，即不管《议定书》真实与否，它的确代表着世界革命的进程，鉴于其预知未来的特性，和酷似过去某些秘密结社的章程，就可证明这是类似组织的杰作，要不然就是某位深谙秘密组织内情的人写成，此人懂得复制他们的想法且熟谙其措辞。"[12]

这段演绎实在无懈可击：《议定书》和我讲述的故

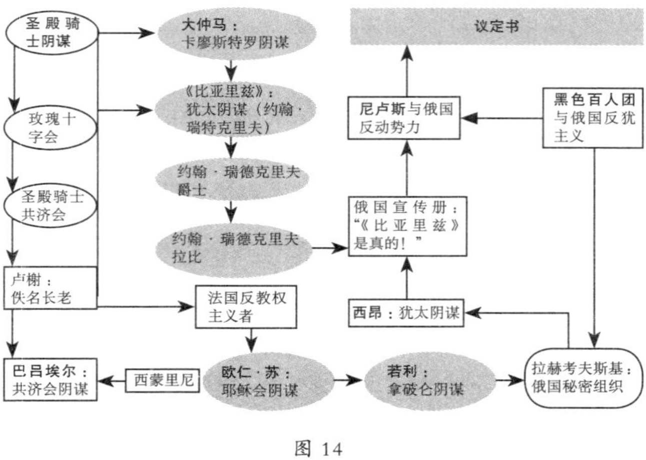

图 14

事相同，其存在证明我所言属实。或者：《议定书》证实了我从它那里篡改捏造的故事，所以《议定书》是真的。同理可证，杰罗斯坦从《巴黎之谜》走出来，走进了《人之谜》，以前一部小说的权威之姿判定后一部是真实的。

我们既然已经看到虚构故事侵入生活对历史的影响，那又该如何看待这种现象呢？我不能说漫步小说之林是解决我们这个时代所有悲剧的灵丹妙药，但这些漫步会让人们了解虚构故事塑造生活的机制。其产生的结果，有时候赏心悦目，比如去贝克街朝圣心仪的书中人物，但另一些时候，生活被转化成了噩梦而不是美梦。思考读者与故事、虚构与现实之间的复杂关系，有助于我们建立起一种治疗模式来对抗沉睡的理性，正是它释放出恶魔鬼怪。

无论如何，我们不会停止阅读小说，因为正是在那些虚构的故事中，我们试图找到赋予生命意义的普遍法则。我们终生都在寻找一个属于自己的故事，告诉我们为何出生，为何而活。有时我们寻找的是一个广大无垠的宇宙故事，有时则是我们个人的故事（我们向告解神父或心理分析师倾诉，或写在日记里的故事）。有时我们的个人故事和宇宙故事如出一辙。

在我身上就发生过这样的事，下面这段自然叙事可以证明。

几个月前我应邀往访加里西亚的科鲁尼亚科学博物馆，访问接近尾声时馆长宣布有个意外的惊喜给我，并领我走向天文馆。天文馆通常会引人遐想，因为灯光关掉后你会以为自己置身满天星斗覆盖的沙漠中。那个夜晚有件特殊的事情发生了。

房间突然陷入一片黑暗，耳旁响起德·法雅*动听的摇篮曲，慢慢地（其实感觉比实际稍快，因为整个过程持续了十五分钟）我头上的天空开始转动，那是我出生地的天空，1932 年 1 月 5 日至 6 日，覆盖着意大利亚历山德里亚（Alessandria）的天空，我异常亢奋地体验了生命中的第一夜。

这是我首度目睹初生之夜的天空，因为我自己当晚不可能看见，母亲产后身体虚弱，大概也无缘得见，不

* 德·法雅（Manuel de Falla，1876—1946），西班牙古典音乐作曲家。

过父亲可能看见了，一个人安静地踱步到露台上，有点紧张不安，因为他刚刚目睹了一件奇妙的事情发生，尤其这件事他也有贡献。

天文馆这种科技设备很多地方都有，别人也可能有过相同的经验，不过请别介意在那十五分钟里，我觉得我是自开天辟地以来，唯一一个有此殊荣与自己的初生重逢的人。我快乐极了，感觉——几乎是渴望——可以在那一刻，应该在那一刻，死掉，而且任何其他时刻都是死得不得其时。我会欣然阖眼而逝，因为我已经亲身经历了一生中读过的最美丽的故事。也许我已经找到了过去一直在书页中，或者在电影银幕上寻找的故事：在这个故事里，天上的星星和我是主角。这是虚构的，因为故事经馆长重新创造过；这是历史，因为讲述的是宇宙过去时空发生的事；这是真实人生，因为我是真实的，不是小说中的人物。那一霎那，我是众书之书的模范读者。

那是我但愿永远也不用离开的虚构森林。

但人生是残酷的，对你对我都是，因此我在这里。

注释

一，入林

1. Italo Calvino, *Six Memos for the Next Millennium* (Cambridge, Mass.: Harvard University Press, 1988).
2. Ibid., p. 36.
3. Ibid., p. 46.
4. Achille Campanile, *Agosto, moglie mia non ti conosco*, in *Opere* (Milan: Bompiani, 1989), p. 830.
5. Carolina Invernizio, *L'albergo del delitto* (Turin: Quartara, 1954), p. 5.
6. Franz Kafka, *"Metamorphosis" and Other Stories*, trans. Willa Muir and Edwin Muir (London: Minerva, 1992), p. 1.
7. Alfred Kazin, *On Native Grounds* (New York: Harcourt Brace, 1982), p. 445.
8. Roger Schank, *Reading and Understanding* (Hillsdale, N.J.: Lawrence Erlbaum, 1982), p. 21.
9. Umberto Eco, *The Role of the Reader* (Bloomington: Indiana University Press, 1979).
10. Umberto Eco, *The Limits of Interpretation* (Bloomington: Indiana University Press, 1990); idem, *Interpretation and Overinterpretation* (Cambridge: Cambridge University Press, 1992).
11. Umberto Eco, "Il tempo di Sylvie," *Poesia e critica* 2 (1962): 51–65; Patrizia Violi, ed., *Sur Sylvie*, special issue of *VS*, 31–32 (January-August, 1982).
12. Gérard de Nerval, *Sylvie: Souvenirs du Valois* (Paris: Editions des Horizons, 1947). Originally published in *La Revue des deux mondes*, 15 July 1853. First published in English as *Sylvie: Recollections of Valois* (New York: George Routledge and Sons, 1887). The two English translations given here are mine.
13. James Joyce, *A Portrait of the Artist as a Young Man* (New York: Viking, 1964), p. 215.
14. On this subject I am particularly indebted to Wayne Booth, *The Rhetoric of Fiction* (Chicago: University of Chicago Press, 1961); Roland Barthes, "Introduction à l'analyse structurale des récits," *Communications* 8 (1966); Tzvetan Todorov, "Les Catégories du récit litteraire," *Communications* 8 (1966); E. D. Hirsch, Jr., *Validity in Interpretation* (New Haven: Yale University Press, 1967); Michael Riffaterre, *Essais de stylistique structurale* (Paris: Flammarion,

1971); idem, *The Semiotics of Poetry* (Bloomington: Indiana University Press, 1978); Gérard Genette, *Figures III* (Paris: Seuil, 1972); Wolfgang Iser, *The Implied Reader* (Baltimore: Johns Hopkins University Press, 1974); Michel Foucault, "What Is an Author?" in Donald F. Bouchard, ed., *Language, Counter-Memory, Practice: Selected Essays and Interviews* (Ithaca: Cornell University Press, 1977); Maria Corti, *An Introduction to Literary Semiotics* (Bloomington: Indiana University Press, 1978); Seymour Chatman, *Story and Discourse* (Ithaca: Cornell University Press, 1978); Charles Fillmore, "Ideal Readers and Real Readers" (mimeo, 1981); Paola Pugliatti, *Lo sguardo nel racconto* (Bologna: Zanichelli, 1985); and Robert Scholes, *Protocols of Reading* (New Haven: Yale University Press, 1989).

15. Iser, *The Implied Reader*, pp. 278–287.
16. Umberto Eco, *The Open Work* (Cambridge, Mass.: Harvard University Press, 1989).
17. Paola Pugliatti, "Reader's Stories Revisited: An Introduction," in *Il lettore: modelli, processi ed effetti dell'interpretazione*, special issue of *VS*, 52–53 (January-May, 1989): 5–6.
18. Wolfgang Iser, *The Act of Reading* (Baltimore: Johns Hopkins University Press, 1976), pp. 34–36.
19. Mickey Spillane, *My Gun Is Quick* (New York: Dutton, 1950), p. 5.
20. According to Gérard Genette, *Seuils* (Paris: Seuil, 1987), the "paratext" consists of the whole series of messages that accompany and help explain a given text—messages such as advertisements, jacket copy, title, subtitles, introduction, reviews, and so on.
21. See Harold Beaver, commentary on E. A. Poe, *The Narrative of Arthur Gordon Pym* (Harmondsworth: Penguin, 1975), p. 250.
22. Ludwig Wittgenstein, *Philosophical Investigations* (Oxford: Blackwell, 1958), p. 31e.

二，卢瓦西之林

1. Agatha Christie, *The Murder of Roger Ackroyd*, ch. 27 ("Apologia"), in *Five Classic Murder Mysteries*(New York: Avenel Books, 1985), pp. 301–302.
2. Marcel Proust, "Gérard de Nerval," in *Contre Sainte-Beuve*, trans. Sylvia Townsend Warner, in *Marcel Proust on Art and Literature* (New York: Carroll and Graf, 1984), pp. 147–153.

3. Georges Poulet, *Les métamorphoses du cercle* (Paris: Plon, 1961), p. 255.
4. Gérard Genette, *Narrative Discourse: An Essay in Method*, trans. Jane E. Lewin (Ithaca: Cornell University Press, 1980). On time and narrativity I am particularly indebted to Cesare Segre, *Structure and Time: Narration, Poetry, Models*, trans. John Meddemmen (Chicago: University of Chicago Press, 1979); idem, *Introduction to the Analysis of the Literary Text*, trans. John Meddemmen (Bloomington: Indiana University Press,1988); Paul Ricoeur, *Time and Narrative*, trans. Kathleen McLaughlin and David Pellauer (Chicago: University of Chicago Press, 1984); and Dorrit Cohn, *Transparent Minds: Narrative Modes for Presenting Consciousness in Fiction* (Princeton: Princeton University Press, 1978).
5. Proust, "Gérard de Nerval," p. 154.
6. On the differences among story, plot, and discourse, I am particularly indebted to Chatman, *Story and Discourse; Segre, Structure and Time*; idem, *Introduction to the Analysis of the Literary Text*; Gerald Prince, *Narratology: The Form and Functioning of Narrative* (Berlin: Mouton, 1982); and Mieke Bal, *Narratology: Introduction to the Theory of Narrative*, trans. Christine van Boheemen (Toronto: University of Toronto Press, 1985).
7. T. S. Eliot, "Hamlet," in *Selected Essays* (London: Faber and Faber, 1932), p. 145.
8. Marcel Proust, "A ajouter à Flaubert," in *Contre Sainte-Beuve*, ed. Pierre Clarac (Paris: Gallimard, 1971), p. 300.

三，漫步林中

1. Italo Calvino, Six *Memos for the Next Millennium* (Cambridge, Mass.: Harvard University Press, 1988), pp. 35, 46.
2. On inferential walks, see Umberto Eco, *The Role of the Reader* (Bloomington: Indiana University Press, 1979), pp. 31–33.
3. "Scenes We'd Like to See: The Musketeer Who Failed to Get the Girl," in William M. Gaines, *The Bedside "Mad"* (New York: Signet, 1959), pp. 117–121.
4. Isabella Pezzini, "Le passioni del Lector," in Patrizia Magli et al., eds., *Semiotica: Storia, Teoria, Interpretazione—Saggi intorno a Umberto Eco* (Milan: Bompiani, 1992), pp. 227–242.
5. Alessandro Manzoni,*The Betrothed*, trans.Bruce Penman (Harmondsworth: Penguin, 1972), p. 32.

6. See, for instance, works by Seymour Chatman, Gérard Genette, and Gerald Prince.
7. Mickey Spillane, *One Lonely Night* (New York: Dutton, 1950), p. 165.
8. Ian Fleming, *Casino Royale* (London: Glidrose, 1953), ch. 18.
9. Marcel Proust, "A Propos du style de Flaubert," *Nouvelle revue française*, January 1, 1929, p. 950.
10. Gustave Flaubert, *Sentimental Education*, trans. Robert Baldick (Harmondsworth: Penguin, 1964), p. 411.
11. Alexandre Dumas (pere), *The Three Musketeers*, anonymous trans. (New York: Grosset and Dunlap, n.d.), pp. 105–107.
12. Dorothy Sayers, introduction to Dante, *The Divine Comedy* (Harmondsworth: Penguin, 1949–1962), p. 9.
13. Dante, *Paradise*, canto 33, verses 55–57, 85–90; trans. Barbara Reynolds, in the Sayers edition, vol. 3 (1962), pp. 344ff.
14. See Umberto Eco, "Narrative Structures in Fleming," in *The Role of the Reader*, pp. 144–174.
15. Manzoni, *The Betrothed*, pp. 25–26.

四，可能的森林

1. John Searle, "The Logical Status of Fictional Discourse," *New Literary History* 14 (1975).
2. Franz Kafka, *"Metamorphosis" and Other Stories*, trans. Willa Muir and Edwin Muir (London: Minerva, 1992), p. 9.
3. Edwin Abbott, *Flatland: A Romance of Many Dimensions* (New York: Dover, 1952; orig. pub. 1884).
4. Lubomir Doležel, "Possible Worlds and Literary Fiction," in Sture Allen, ed., *Possible Worlds in Humanities, Arts, and Sciences: Proceedings of Nobel Symposium* 65 (Berlin: De Gruyter, 1989), p. 239.
5. On this point, I am indebted to all the participants at Session 3 of the above-mentioned *Nobel Symposium 65*, in particular Arthur Danto, Thomas Pavel, Ulf Linde, Gérard Regnier, and Samuel Levin. Other figures of this type can be found in Lionel S. Penrose and Roger Penrose, "Impossible Objects," *British Journal of Psychology* 49 (1958).
6. Umberto Eco, "L'uso pratico del personaggio artistico," in *Apocalittici e integrati* (Milan: Bompiani: 1964).

7. Hilary Putnam, *Representation and Reality* (Cambridge, Mass.: MIT Press, 1988), pp. 22ff.
8. Valentina Pisanty, *Leggere la fiaba* (Milan: Bompiani, 1993), pp. 97–99. The alchemical reading was provided by Giuseppe Sermonti, *Le fiabe del sottosuolo* (Milan: Rusconi, 1989).

五，塞尔万多尼路奇案

1. Lucrecia Escudero, "Malvine: Il Gran Racconto" (Diss.: Universita degli Studi di Bologna, Dottorato di Ricerca in Semiotica, 4 Ciclo, 1992).
2. Umberto Eco (in collaboration with Patrizia Violi), "Presuppositions," in *The Limits of Interpretation* (Bloomington: Indiana University Press, 1990), pp. 253–260.
3. I have checked a map of Paris from 1609, on which some of the streets mentioned above do not appear or have different names. In a report entitled *Estat, noms et nombre de toutes les rues de Paris en 1636*, ed. Alfred Franklin (Paris: Leon Willem, 1873; Editions de Paris, 1988), the names given are already those that were used in 1716, according to a map from the latter year that I found. Considering that most maps follow aesthetic criteria and do not show the names of secondary streets, I think that my reconstruction reasonably approximates the situation of the streets in 1625.
4. Keith S. Donnellan, "Reference and Definite Descriptions," *Philosophical Review* 75 (1966): 281–304.
5. Roger C. Schank (with Peter G. Childers), *The Cognitive Computer* (Reading, Mass.: Addison-Wesley, 1984), pp. 81–89.
6. Ibid., p. 83.
7. Ibid., p. 85.
8. Ibid., p. 86.
9. Umberto Eco, "Postscript" to *The Name of the Rose*, trans. William Weaver (New York: Harcourt Brace, 1984).
10. James Joyce, *A Portrait of the Artist as a Young Man* (New York: Viking, 1964), p. 214.

六，虚构议定书

1. Umberto Eco, *The Open Work* (Cambridge, Mass.: Harvard University Press,

1989), p. 264, n. 13.

2. Umberto Eco, *Foucault's Pendulum*, trans. William Weaver (New York: Harcourt Brace, 1988), p. 495.
3. Andrea Bonomi, "Lo spirito della narrazione" (1993, unpublished), ch. 4, quoted with the permission of the author.
4. Theun van Dijk, "Action, Action Description and Narrative," *Poetics* 5 (1974): 287–338.
5. Roland Barthes, "L' Effet de réel," in *Essais critiques IV: Le bruissement de la langue* (Paris: Seuil, 1984), pp. 167–174.
6. Marcel Proust, in *Contre Sainte-Beuve*, trans. Sylvia Townsend Warner, in *Marcel Proust on Art and Literature* (New York: Carroll and Graf, 1984), p. 152.
7. T. S. Eliot, *Selected Essays* (London: Faber and Faber, 1932), p. 144.
8. Jerome Bruner, *Actual Minds, Possible Worlds* (Cambridge, Mass.: Harvard University Press, 1986).
9. See Arthur Danto, *Analytical Philosophy of History* (Cambridge, Mass.: Harvard University Press, 1965); Hayden White, *Metahistory: The Historical Imagination in Nineteenth-Century Europe* (Baltimore: Johns Hopkins University Press,1973); and Jorge Lozano, *El discurso histórico* (Madrid: Alianza Editorial, 1987).
10. A.-J. Greimas and Joseph Courtés, *Semiotics and Language: An Analytical Dictionary*, trans. Larry Christ and Daniel Patte (Bloomington: Indiana University Press, 1979).
11. For a complete survey of the whole affair see Norman Cohn, *Warrant for Genocide: The Myth of the Jewish World-Conspiracy and the Protocols of the Elders of Zion* (New York: Harper and Row, 1967).
12. Nesta Webster, *Secret Societies and Subversive Movements* (London: Boswell, 1924), pp. 408–409.